너에게
꽃을

너에게 꽃을

플로리스트 이주희가
당신에게 전하는 꽃 이야기

이주희 지음

중앙books
JoongAng Ilbo

"Here are fruits, flowers, leaves and branches,

and here is my heart which beats only for you. "

여기에 과일과 꽃,

나뭇잎과 나뭇가지들이 있어요

그리고 여기,

나의 심장은 당신만을 위해 뜁니다.

- 폴 베를렌(시인)

꽃이 있어,
우리의 오늘은 더 반짝입니다

우리 모두에게 사랑은 찾아옵니다.
심장이 터질 것처럼 두근거리는 사랑,
오랫동안 함께해서 편안한 사랑
그리고 가족의 품처럼 따뜻한 사랑.
사랑의 종류와 형태는 다르지만 사랑의 마음은 늘 향기롭습니다.
그리고 그 사랑의 순간, 우리의 곁에는 늘 꽃이 있습니다.

저는 볕이 잘 드는 중정이 있는 아름다운 한옥 꽃집에서
꽃을 만드는 일을 하고 있습니다.
그곳에서 꽃을 통해 보내는 이의 사랑이 전해지기를 바라며
천천히 꽃을 피우는 하루를 보냅니다.

꽃을 보내는 이들의 사연은 하나같이 아름답습니다.

사랑하는 연인에게, 늘 감사한 부모님께,

존경하는 은사님께, 결혼을 기념하며,

아기의 탄생을 축하하며, 친구를 응원하며……

그 소중한 마음들을 듣고 있으면 나도 모르게 미소가 지어집니다.

꽃 하나하나마다 담긴 이야기가 얼마나 많은지

작은 꽃 한 송이, 한 송이에도 큰마음이 오갑니다.

지금, 곁에 꽃이 있나요?

이 꽃이 나에게 오기까지 얼마나 많은 일이 있었을까 생각해보세요.

꽃이 피고 지는 그 아름다운 모습을 찬찬히 바라보며

보낸 이의 마음을 다시 한 번 마음에 담아보세요.

이 책은 꽃과 꽃에 담긴 그 마음에 관한 이야기입니다.

어쩌면 누구나의 오늘과 같은,
소소하고 잔잔한 날들의 기록일지도 모르겠습니다.
비가 오고, 낙엽이 지고, 눈이 내리고, 꽃이 피는
지극히 평범한 하루하루죠.
단 하나, 늘 꽃과 함께라는 것만 빼면요.

책을 준비하면서
꽃과 함께했던 지난날들을 추억할 수 있어 참 좋았습니다.
꽃과 함께 울고 웃었던, 가슴 벅차게 설레고 즐거웠던
꽃보다 아름다운 추억들과, 꽃을 통해 배운 작은 지혜들을
다시금 떠올려 볼 수 있었습니다.
특별할 것 없는 하루하루가 곁에 꽃이 있어,
이렇게 반짝이는 나날들로 기억될 수 있다는 사실을
정원을 가꾸고, 꽃을 보며 다시 한 번 깨닫게 됩니다.

아름다운 꽃은 너무나도 많습니다.

아니, 세상에 아름답지 않은 꽃이 어디 있을까요.

책에 담고 싶었지만 미처 담지 못한 이야기들도 많습니다.

그래도 이 책을 통해 당신이 꽃을 조금 더 알게 되기를 바랍니다.

꽃을 주고받았던 아름다웠던 순간들을 떠올려볼 수 있길 바랍니다.

그리하여 길가에 피는 이름 모를 꽃에도

당신의 애정 어린 시선이 전보다 조금 더 머물기를 바랍니다.

차분하고 부드럽게 흐르는 계절 속에서

저와 아름답고 향기로운 사랑의 순간을 함께해준 모든 분들과

늘 따뜻한 시선으로, 사랑으로 자라는 법을 가르쳐준

나의 소중한 가족에게 말로 표현할 수 없는

이 마음을, 고마움을 전합니다.

봄의 한가운데에서, 이주희

차례

Part 2

특별하지 않은 꽃은 하나도 없다

Part 3
꽃으로 사랑을 말하다

Part 1

행복한 순간,
내 곁엔 언제나
꽃이 있었다

꽃으로
그리는
그림

어렸을 때부터 난 그림 그리는 것을 참 좋아했다. 하얀 도화지와 색연필만 있으면 하루 종일 혼자 있어도 즐거웠다. 도화지에는 언제나 푸른 하늘과 공원을 그리고 그 공원은 꽃과 나비로 가득 채워 넣었다.

그 시절 나의 하루는 공원에서 시작해 공원으로 끝났다. 봄이 되면 엄마를 졸라 찬장에서 꺼낸 유리병에 라일락을 가득 모아 담았다. 친구들과 함께 샐비어를 따서 달콤한 꿀을 빨아먹기도 하고, 제비꽃과 토끼풀로 화관과 반지를 만들기도 하고, 민들레 씨를 꺾어 '후' 하고 불며 신나게 뜀박질을 하기도 했다. 그렇게 놀다와서 공원의 모습을, 뛰놀며 본 풍경을 그림으로 그렸다. 하루하루 공원에서 보고 느끼는 자연의 색과 질감이 다양해질수록 나에겐 더 많은 색의 크레파스가 필요했다. 지금도 흉터가 남아 있는 내 무릎을 보면, 공원에서 신나게 뛰다 넘어져 다리를 꿰매러 간 병원에서 울고 있던 나와, 그런 내 눈물을 단번에 멈추게 한 아빠가 사온 24색 크레파스 세트가 기억난다.

크레파스로 자연을 그리던 그때의 나와 어른이 된 지금의 나는 크게 다르진 않은 것 같다. 오늘의 나는 공원을 뛰노는 대신 대부분의 시간에 꽃을 다듬고 정원을 가꾼다. 일기장에 그림을 그리는 대신 한 손엔 푸릇한 잎사귀를, 다른 한 손엔 꽃을 들고 크레파스보다 더 오묘하고 다양한 자연의 색감을 가진 꽃으로 그림을 그린다.

사랑을 고백하는 그에게는 향기로운 크림색 가든 장미와 함께 수줍은 연분홍 스위트피 하나둘. 위로가 필요한 그녀에게는 촉촉한 빗방울을 닮은 하얀 금낭화와 연보라 리시안셔스를. 그리고 너를 만나러 가는 길엔 너를 닮아 환하게 웃고 있는 함박꽃 한 송이를.

오늘도 내 마음엔 꽃이 핀다. 공원을 뛰어 놀던 그때처럼.

여행자의
마음으로

오늘도 어제와 똑같은 하루가 흘러간다. 반복되는 일상 속에 무료함이 번져가던 오후, 반짝이는 눈빛을 한 그녀가 도심 속 비밀의 화원, 이에나로 들어왔다.

"너무 아름다운 곳이에요. 여기는 뭘 하는 곳인가요?"

북촌 한옥마을 초입에 위치한 나의 아틀리에는 작은 중정이 있는 한옥집이다. 무늬만 한옥이 아니라 실제 전통 가옥의 구조를 그대로 지니고 있어, 외관상으로는 상업공간으로 보이지 않는다.

그래서인지 이에나를 발견한 사람들은 기웃거리며 안을 훔쳐보다 머뭇거리며 들어오지 못하는 사람과, 용기를 내어 성큼성큼 이에나로 들어오는 사람, 두 부류로 나뉜다.

용기를 내어 아틀리에로 들어오는 후자의 경우, 대부분은 이에나를 미리 알고 찾아온 사람들이지만 지나다 우연히 이에나를 발견한 여행자인 경우도 많다. 호기심 어린 눈빛으로 이에나로 들어온 그녀도 잠시 한국에 놀러 온 관광객이었다. 단풍이 곱게 물든 나무와 꽃을 감상하며 정원을 둘러보던 그녀. 그녀가 대청으로 들어오며 나에게 말했다.

"사계절이 있는 한국이 너무 부러워요. 계절이 바뀌면 이곳은 또 다른 모습으로 변하겠죠?"

잠시 잊고 있었다. 사계절이 있는 곳에서 산다는 것이 얼마나 멋진 일이고 또 그 계절의 변화를 정원을 가꾸며 더 가깝게 지켜볼 수 있다는 사실이 얼마나 행복한 일인지. 환히 웃으며 봄이 오면 다시 오겠다며 떠나는 그녀를 마중하고 다시 아틀리에로 들어오는 길. 빛을 받아 반짝이는 나뭇잎과, 물기를 머금은 꽃잎이 하나둘 피어나는 정원의 고즈넉한 풍경이 나를 반긴다. 한옥 특유의 나무 향과 그 공간을 가득 채운 꽃들의 향기로 가득한 나의 일터. 한지 사이로 드리운 담쟁이의 그림자에 창문을 활짝 열어보니 담쟁이가 어느새 사무실 창가까지 길게 뻗어 있다. 너무 익숙해진 탓에 느끼지 못했던 일상의 즐거움과 소중함을 다시금 깨달은 날.

새로운 곳에 대한 기대감으로 가득한 여행자의 눈빛은 늘 반짝인다. 익숙함이 주는 편안함으로 일상의 소소한 변화에 무던해진 나에게 반복되는 일상의 잔잔한 즐거움을 느끼게 해준 그녀. 누구에게는 이곳에서의 하루가 꿈 그 자체라는 사실을 잊지 말고, 오늘도 그리고 다가오는 내일도 설레는 여행자의 마음으로 여행하듯 즐기기로 한다.

정원에 앉아
계절을
맞이하다

　　정원이 있는 공간에서 일하는 것의 가장 큰 장점은 바쁜 나날들을 보내면서도 계절의 변화를 또렷이 느낄 수 있다는 점이다. 매일 반복되는 하루하루, 아침마다 간단히 일기예보를 확인하고 그날 입는 옷의 두께를 결정하는 것 외에는 계절의 변화를 크게 느끼지 못하고 살았는데, 정원을 가꾸기 시작하면서 이제는 작은 계절의 변화도 크게 다가온다.

　　쌓였던 눈이 녹고 겨우내 얼어 있던 마사토 사이로 고개를 내미는 새싹들과 푸릇하게 변한 나뭇가지들은 봄의 첫 신호. 조금만 더 기다리면 꽃들이 꽃대를 올리고 그윽한 향기와 함께 봄의 여왕, 작약이 핀다. 후드득 비가 떨어지면 행여 작약이 질까 노심초사하며 우산을 들고 달려가지만, 결국 작약이 꽃잎을 떨어뜨리는 모습을 보며 여름이 다가왔음을 실감한다.

　여름은 초록이 가장 깊어지는 계절. 조용히 음악을 틀어놓고 한옥 툇마루에 앉아 가만히 바라다보는 여름밤은 귀뚜라미 소리와 은은한 조명에 비친 푸른 수국이 어우러져 한여름 밤의 꿈처럼 아름답다. 푸르른 여름이 지나가는 것은 수국 색의 변화로 알 수 있다. 수국의 색이 바래지면 이내 선선한 가을바람과 함께 바람꽃이 핀다. 바람꽃 사이사이 담쟁이가 검은 열매와 함께 붉게 물들면 살랑살랑 가을을 밝혔던 바람꽃이 흐드러진다.

　정원의 식물들이 모두 깊은 잠에 빠지고, 볏짚으로 따뜻한 바람막이를 만들어주면 곧 첫 서리가 찾아온다. 그리고 깊은 겨울 새벽을 지키는 건 봄, 여름, 가을, 겨울 변함없이 푸르렀던 소나무. 첫눈이 내리면 나는 소나무 위에 따스한 앵두 전구를 달고 크리스마스를 준비한다.

　새벽의 어스름한 마음도, 저녁의 달뜬 마음도 모두 포근히 안아주는 나의 정원. 오늘도 난 정원에 앉아 계절을 맞이한다.

꽃을
배우러
가는 길

꽃을 배우러 가는 길, 발걸음은 사뿐사뿐 가벼웠다. 오늘은 어떤 꽃을 만나게 될까, 벅찬 기대감으로 가득했던 나날들.

내가 처음 꽃을 배우기 시작한 건 대학교 1학년 겨울방학이었다. 평소 그리거나 만드는 것을 좋아했던 나. 나는 개학하기 전 취미생활로 무언가를 배워보리라 다짐하고 그 길로 꽃꽂이 학원에 등록했다. 두근거렸던 첫 수업에서 내가 처음 만난 꽃은 스무 송이의 붉은 장미. 서툴고 어딘가 어색했던 첫 꽃다발을 조심스럽게 포장해서 집으로 오던 길. 그저 꽃과의 첫 만남에 신이 나 콧노래를 흥얼거리던 내 모습이 아직도 기억난다. 매주 그렇게 나는 새로운 꽃들과 만났고, 꽃이 주는 행복감과 향기에 취하여 나도 모르는 사이, 서서히 내 마음엔 꽃물이 들었다.

그날 이후, 나는 늘 꽃과 함께했고 지금은 세상에서 가장 아름다운 집, 한옥에서 작은 정원을 가꾸며 수강생들을 맞이한다. 설렘반, 두려움 반. 대문을 열고 들어오는 수강생들의 모습에서 처음꽃을 만났던 그날의 나를 발견한다.

꽃처럼 나비처럼 이에나를 찾아주는 수강생들. '잘하고 있는걸까' 물음표로 가득한 표정을 하고, 결국 처음과 동일한 자리에꽃을 꽂으면서도 그 모습은 망설임으로 가득하다. 그런 수강생들의 모습을 보면 '나도 그랬었지' 싶어 마음이 또 말랑해진다.

이에나를 찾아준 모든 사람들이 꽃을 통해 더욱 더 아름답고향기로운 꿈을 꾸길 바라는 마음. 나도 항상 첫 마음을 기억하며,그들과 함께 아름다운 꽃을 나누고, 또 그 향기로운 여정을 함께하고 싶다.

언젠가 그녀들의 마음에도 고운 꽃물이 들기를 기대하며, 오늘도 이에나로 향하는 그녀들의 발걸음이 한아름의 설렘으로 가득하기를 바란다.

반짝반짝,
이에나

"6시에 출발하자."

우리나라와 마찬가지로 파리의 꽃 시장도 모두가 잠든 사이에 활짝 문을 연다. 어스름한 새벽의 푸른빛을 뚫고 가는 꽃 시장. 나는 파리에서 내 꽃선생님이었던 카트린과 나누는 새벽 담소와 새롭고 특별한 꽃들이 가득한 파리의 꽃 시장 그리고 구입한 꽃을 싣기 전, 시장에서 마시는 50센팀의 자판기 커피를 사랑했다.

오래된 프랑스식 건물의 양철 지붕 바로 아래에 위치한 다락방. 나의 하루는 파리 16구에 위치한 그 작은 다락방에서 시작됐다. 알람이 울리고 일어나면, 새벽 5시. 공기는 늘 차가웠다. 게다가 파리의 오래된 건물들은 중앙난방 대신 라디에이터로 난방을 하는지라 전기장판이 깔린 따뜻한 침대 밖으로 나오면 추워서 늘

총총거리기 일쑤. 머리를 감고 헤어드라이어로 말리고 싶어도 행여 이웃들이 시끄러운 소리에 깰까, 한겨울에도 젖은 머리로 집을 나서곤 했다.

카트린과의 약속시간을 지키려면 꼭 첫차를 타야 했다. 혹시라도 첫차를 놓치면 약속시간까지 도착할 수 없기 때문에 나는 항상 5시 30분에 지하철역 앞에서 셔터가 올라가길 기다렸다. 조금이라도 늦잠을 자는 날에는 첫차를 놓치지 않기 위해 건물 출입문이 닫히는 순간부터 역까지 전력 질주를 해야 했다.

다락방 문을 철커덩 소리와 함께 잠그면, 새벽엔 불이 들어오지 않아 손으로 벽을 짚어가며 어두컴컴한 계단을 내려가야 했다. 그리고 나서 건물의 커다란 출입문을 닫으면, 지나가는 사람은커녕 차 한 대도 지나가지 않는 어두운 파리의 새벽. 역까지 가는 길이 무서워 나는 괜히 아침 인사라며 한국에 전화를 걸곤 했다. 짧게 통화한 뒤 용기 내어 뛰어 내려가던 길. 나는 홀로 빛을 내며 반짝이는 이에나 역을 향해 달리고 또 달렸다.

　파리의 새벽엔 깊은 어둠속을 뛰어가던 내가 있었다. 그리고 그 길의 끝에서 언제나 나를 반겨주던 이에나 역의 표시등. 어둠속에서 밝게 빛나던 역의 불빛을 향해 달리며 그보다 더 빛나는 꿈을 꾸었다. 이에나 역을 생각하면 그 시절 꿈을 향해 달리던 내가 떠오른다. 그래서 이곳, 나의 아틀리에 이름도 이에나다. 파리에서도 서울에서도 이에나는 나에게 꿈 그 자체. 그렇게 꿈을 향해 달리던 나는 지금 여기, 이에나에 있다.

모든 꽃은
각자의
빛나는
자리가 있다

하늘을 보고 있는 꽃,

수줍게 고개 숙여 인사하는 꽃,

멀리 손을 뻗고 있는 줄기,

요리조리 도망 다니는 듯 꾸불꾸불한 줄기…….

꽃 하나하나, 줄기 하나하나 개성이 있고 각자의 흥미로운 표정이 있다. 분명 어제까지만 해도 다른 표정을 짓고 있었는데 단 하루 사이에 꽃잎을 벌리며 나를 놀리듯 다채로운 표정을 만들어 내는 꽃들. 매일 보는 꽃이지만 같은 꽃에도 이렇게 여러 가지 표정이 존재하니 늘 새롭기만 하다.

오늘도 어색한 미소를 지으며 새로운 수강생들이 아틀리에 문을 열고 들어왔다. 준비된 아름다운 꽃들을 보며 즐거워하는 모습도 잠시, 조곤조곤 이론 설명이 시작되면 모두 진지한 표정으로 귀를 기울인다.

처음 손에 쥐어야 할 것은 산들산들한 나뭇가지들. 계절마다 다른 질감을 표현할 수 있게 도와주는 푸른 소재는 꽃으로 그리는 그림의 기본 바탕이 되어준다. 싱그러운 잎들로 공간을 채우는 작업이 끝나면 부피감이 큰 꽃을 꽂아주는데 이 꽃들은 작품의 비어 있는 큰 공간들을 채워주는 역할을 한다. 그 다음에는 중간 중간 비어 있는 곳을 세심하게 채우는 작업이 필요하다. 이때 필요한 건 작은 꽃들. 그렇게 작은 꽃들로 빈 공간을 채우고 나면 우리의 꽃은 전체적으로 훨씬 조화로워진다. 가장 마지막으로 작은 꽃들이 공간을 채운 자리에 넣어야 할 꽃은 긴 선의 형태를 가진 꽃이다. 곧은 줄기를 따라 작은 꽃이 피는 모양을 한 이러한 꽃들은 바탕이 되는 크고 작은 꽃들 위로 신선한 리듬감을 주기 때문에 보다 자연스러운 느낌을 원한다면 잊지 말고 사용해야 하는 꽃이다.

작품에 따라 꽂는 순서와 방법은 달라지더라도 중요한 건 모두 저마다의 위치에서 빛나는 역할을 한다는 것이다. 다양한 꽃으로 하나의 아름다운 작품을 만들기 위해서는 꽃 하나하나가 지닌 고유의 형태와 표정을 읽고 그 꽃이 가장 빛날 수 있는 자리에 배치하는 것이 중요하다.

모든 꽃이 각기 다른 매력을 가지고 있듯, 우리도 고유한 매력을 가지고 있다. 서로 다른 장점과 매력을 가지고 있음에도 불구하고 이 사실을 잊은 채 늘 다른 사람들과 자신을 비교하며 살아가고 있지는 않은지. 꽃은 모두 아름답고 그 주인공이 정해져 있지 않다. 어느 날은 크고 화려한 꽃이 아름다워 보이지만, 또 어느 날은 작고 소박한 꽃이 훨씬 더 아름다워 보이기도 한다.

우리 또한 그렇지 않을까. 다른 사람과 비교하지 않고, 지금 주어진 자리에서 최선을 다해 본연의 아름다움을 찾아갈 때, 비로소 우리는 주인공이 된다. 빛날 수 있는 자리는 분명히 우리 모두에게 있다. 꽃처럼 아름다운 우리 모두에게.

좋아서
하는 일

내가 좋아서 하는 일, 좋아서 시작한 일이라면 응당 즐겁고 행복해야겠지만 어디 일이라는 게 그렇기만 한가. 좋아서 하는 일이기에 때론 더 어렵고 힘들기도 하다. 또 내가 좋아서 선택한 일인만큼 그 누구를 탓할 수도 없다. 답은 늘 더 열심히 하는 수밖에 없다는 것. '지금 내가 하는 일은 내가 좋아서 시작한 일'이라는 가장 중요한 사실을 오늘도 잊고 있진 않았는지 다시 한 번 돌아본다.

모든 플로리스트의 아침은 꽃을 다듬고 보듬는 것에서부터 시작된다. 오랫동안 물 밖에서 힘들어하는 꽃들. 꽃들이 있는 힘껏 물을 마실 수 있도록 도와주는 과정을 컨디셔닝이라고 하는데 이 과정을 통해 물 올림이 잘된 꽃들이, 더 싱싱하고 더 오래간다. 그래서 꽃이 많이 들어오는 날에는 하루 종일 물통에 물을 받고 꽃을 다듬느라 바쁘다. 보통 수업에 사용되는 꽃들을 제외하고는 최소한의 잎만 남기고 줄기에서 모두 제거하는데 이 과정을 처음 본 사람들은 버려지는 꽃잎의 양에 놀라곤 한다. 이렇게 잎을 제거하는 것을 아까워하는 이들이 많지만 예쁘게 꽃이 피려면 더 많은 물이 잎보다는 꽃봉오리로 가야 한다는 사실.

특히 물을 좋아하는 꽃들은 습하고 더운 날씨나 추운 날씨에 약해서 시장에서 작업실까지의 이동시간을 견디지 못하고 힘들어한다. 그런 꽃들은 따로 모아 물을 잘 빨아올릴 수 있도록 빨리 처치해주어야 한다. 이 모든 컨디셔닝 작업을 마쳤다면 이미 작업실에 있는 꽃들이 싱싱함을 유지할 수 있도록 줄기를 조금씩 잘라주고, 더러워진 물은 버리고, 깨끗하고 차가운 물을 받아 새로운 물통으로 꽃을 옮겨주어야 한다.

물론 아름다운 공간에서 아름다운 꽃을 볼 수 있다는 것은 행복하고 즐거운 일이다. 이따금 여유로운 오후엔 작업실에 있는 꽃들을 가만히 들여다보며 좋아하는 일을 하길 참 잘했다고 생각하기도 한다. 하지만 분명한 사실은 여유롭게 아름다운 꽃을 보며 즐기는 시간보다는 영원히 끝나지 않을 것만 같은 컨디셔닝과 작업실

청소로 시작해서, 또 다시 시작되는 컨디셔닝과 청소로 하루를 마무리하는 날들이 더 많다는 것. 겉으로 보기에는 늘 꽃과 함께하는 일이기에 행복하고 아름다워 보이지만 사실 그 뒤에는 보이지 않는 힘든 날이 더 많다는 걸 플로리스트를 꿈꾸는 예비 플로리스트들에게 꼭 전하고 싶다.

그래도 좋아하는 일, 좋아하는 꽃과 함께하는 일을 하며 가장 좋은 건 꽃은 늘 아름답고, 또 꽃과 관련된 다양하고 재미있는 일들을 할 수 있다는 점. 주문 받은 꽃을 만들고 수업을 하는 것은 물론, 돌잔치, 웨딩 등 각종 행사 기획을 하며 머릿속에서 그려왔던 아름다운 상상을 현실로 만드는 작업은 더없는 만족감을 준다.

내일은 또 어떤 일이 일어날까? 분명 내일도 컨디셔닝과 청소로 하루가 시작될 것이다. 하지만 그래도 내가 좋아하는, 무엇보다 반짝이는 꽃들과 함께할 수 있어 행복하다. 좋아하는 일을 하고 있지만 힘들다면, 처음 그 일을 시작했을 때의 설렘을 기억해보자. 내가 좋아하는 일을 아끼고 사랑하면 분명 내일은 오늘보다 더 행복하고 즐거운 일들로 채워질 거라 믿는다.

함께라서

　　오늘은 아틀리에에 새로운 꽃이 들어오는 날. 꽃 정리가 끝나고 가만히 꽃을 하나하나 들여다본다. 가늘고 그윽한 눈매의 칼라, 바람에 날리는 소녀의 치맛자락을 닮은 스위트피, 매혹적인 여인의 향기를 가진 가든 로즈, 꼭 다문 입이 많은 이야기를 담고 있을 것 같은 튤립 그리고 하늘하늘 속삭이는 설유화 가지…….　꽃과 나무 모두 저마다의 개성 있는 표정으로 서로 다른 매력을 발하고 있다.

　　이처럼 꽃은 한 송이 그 자체로도 충분히 아름답다. 하지만 들판의 꽃이 외롭게 혼자 피어 있지 않고 곁에 작은 풀잎 하나 친구 삼아 의지하듯, 각기 다른 꽃과 나무가 모여 만들어내는 그림은 더욱 아름답다.

사랑하는 가족의 품을 떠나 꿈을 찾아 파리로 혼자 떠나왔을 때는 몰랐었다. 우리는 혼자라도 충분히 아름답지만 그래도 함께일 때 더 행복하고 빛난다는 사실을. 향기로운 꽃에 둘러싸여 내가 좋아하는 일을 할 수 있다면 혼자여도 괜찮다고 생각했다. 그림처럼 아름다운 파리에서, 내가 좋아하는 꽃과 함께라니……. 파리의 플로리스트, 그저 상상만 해도 두근거리고 행복하기만 했다. 그리고 부푼 꿈과 함께 도착한 파리는 내가 상상했던 것보다 훨씬 더 아름다웠다. 그곳에서 나는 한국에서 보지 못한 꽃과 디자인을 접하며 바쁘고, 또 더 없이 행복한 나날을 보냈다.

그리고 얼마나 지났을까. 분명 혼자라도 행복하다고 생각했는데 일순간 파리에서 가장 외로운 사람이 되어버린 어느 아침이 찾아왔다. 새벽 꽃 시장에서 돌아와 꽃을 다듬다가 발견한 아네모네 한 송이. 지금까지 한 번도 보지 못한 고운 색감의 아네모네를 마주한 순간, '너무 예쁘다. 너무 보고 싶다'라고 나도 모르게 꽃을 보며 중얼거리고 있는 나를 발견했다. 아침 햇살에 눈을 뜨면 들리던 도란도란 가족들의 대화 소리, 작은 일에도 흥분하며 맞장구 쳐주던 친구들……. 한국에 두고 온 모든 것들이, 소중한 감정을 나누던 모든 순간들이 너무도 그리웠다.

그렇게 나의 마음을 오롯이 나눌 수 없어 외로웠던 날들을 경험해서일까. 지금은 아름다운 꽃과 풍경을 볼 때마다 그 순간을 사랑하는 사람들과 함께할 수 있어 행복하고 감사하다.

이에나의 꽃은 늘 짝꿍과 함께한다. 한 송이 꽃은 늘 고운 선의 나뭇가지와 함께, 사랑스러운 꽃 하나둘은 그룹 지어 함께. 짝꿍과 함께하는 꽃은 혼자일 때보다 훨씬 밝고 행복해 보인다.

사랑을
배우는 법

나는 사람들 눈에 띄지도 않을 만큼 작은데
이 큰 사랑이 어떻게 내 몸 안에 있을까?

네 눈을 보아라, 얼마나 작으냐.
그래도 저 큰 하늘을 본다.

〈나는 사람들 눈에〉, 잘라 루딘 루미

어느 화창한 봄날, 봄의 기운을 만끽하며 여유롭게 공원을 산
책하던 중 한 아이가 햇볕을 쬐며 늘어져 있는 고양이에게 빈 물통
을 던지는 것을 보았다. 아이는 도망가는 고양이를 쫓아 끝까지

겁을 주려 했다. 고양이가 멀리 도망가버리자 다시 공원으로 돌아온 그 아이에게 나는 화를 내며 물었다.

"왜 가만히 있는 고양이에게 물통을 던지니?"

아이는 웬 참견이냐며 나를 향해 눈을 흘기며 씩씩대다 이내 울음을 터트리며 자리를 떴다. 오늘처럼 포근한 날, 잠시도 편히 쉬지 못하는 고양이가 안쓰러워 다시는 그러지 못하도록 따끔하게 잘 혼내줬다 생각하다가도, 다 큰 어른이 되어 어린아이를 따뜻하게 보듬지 못하고 울린 것 같아 마음이 불편했다.

다음 날 아침, 테라리움에 심은 작은 수선화 구근들이 뿌리를 내리고 싹을 틔우는 모습을 바라보며 그 아이를 생각했다. 아직 작고 어려 많은 것들이 처음일 나이. 하루하루 새로운 감정들을 느끼고 그 감정을 조절하는 방법을 배우고 있는 아이에게 특별한 선물을 하고 싶었다. 혼을 내거나 윽박지르지 않고, 아주 자연스럽게 예쁘고 소중한 마음을 자라나게 하는 그런 선물.

테라리움에 심고 남은 몇 개의 작은 구근들을 들고 퇴근하던 길. 심부름을 나온 그 아이를 다시 만났다. 나는 먼저 인사를 건네며 구근이 담긴 작은 종이봉투를 건넸다.

"누나 선물. 지난번엔 미안했어."

봉투를 열어보고는 웬 양파냐며 황당해하는 아이에게 차근차근 구근에 대해 설명해주며 지난번 고양이가 쉬고 있던 화단 부근에 수선화를 심자고 제안했다. 시큰둥한 척하면서 내가 수선화를 심는 것을 유심히 지켜보던 아이.

환기를 시키려고 창문을 열거나 거실에서 책을 읽다 밖을 내다보면 화단 앞에 있는 그 아이가 자주 보였다. 아기 새처럼 어디선가 날아와 하루에도 몇 번씩 심어진 수선화를 확인하던 아이. 단단했던 구근에서 여린 싹이 올라오던 날엔 신기한 듯 한참을 쪼그리고 앉아 바라보더니, 꽃대가 올라오던 날엔 쫑알쫑알 말을 건네며 어디선가 주워온 크고 작은 돌들로 수선화 주위를 둘러주었다. 그리고 마침내, 기다리던 수선화가 활짝 웃어주던 날, 아이는 향기로운 수선화 향기를 맡으며 환하게 웃었다.

수선화와 함께 자라던 아이. 작지만 큰 소년의 마음에 수선화보다 곱고 소중한 꽃 마음이 피는 것을 보았다.

별 대신
꽃

너를 생각하며 보낸 하루가 지나면 다시 저녁은 찾아온다. 밤이 되면 깊이 잠들어 있던 달도 별도, 너를 향한 나의 마음도 다시 떠오른다. 깊은 밤하늘을 수놓은 수많은 별과 달 하나. 반짝이는 별들 하나하나에 너를 처음 만난 날, 너와 사랑에 빠진 날 그리고 너를 사랑할 수밖에 없는 수많은 이유를 담는다.

어제도 오늘도 너에게 닿지 못한 이야기. 밤하늘의 별 모두에 내 마음이 담겨 있으니, 그 별 모두를 따다 너에게 전해주고 싶지만, 내일은 별 대신 널 닮은 꽃을 따다가 그보다 향기로운 내 사랑을 말하고 싶다.

꽃으로
기억되는
날들

나의 정원에는 수십 가지의 꽃이 피고 진다. 세상 어디에서도 볼 수 없는 꽃들로 가득한 나의 정원. 다름 아닌 내 마음속 정원 이야기다.

멀리서 그녀가 걸어오는 모습을 보며 산들산들 바람에 흔들리는 조팝나무를 생각했다. 4년 전, 그녀가 처음 꽃을 배우러 왔을 때 수업에서 사용했던 꽃. 그녀는 작은 움직임에도 하늘하늘 춤을 추는 조팝나무를 예쁘게 꽂을 줄 아는 수강생이었다. 4년이 지난 오늘, 그녀는 예쁜 아이의 엄마가 되어 다시 이에나를 찾아주었다. 문을 열고 들어오는 그녀의 모습에 마음이 몽글몽글해지며 마음 한편에서 자라던 조팝나무가 다시 환하게 피었다.

늘 꽃과 함께하는 일상이기에 내게는 꽃으로 기억되는 날들이 많다. 바빴던 어느 새벽에는 문득 풋풋한 히아신스가 떠오르고, 어느 저물녘에는 향기로운 가든 장미와 무화과로 가득했던 결혼식, 그리고 또 어느 날은 빛을 받아 반짝반짝 빛나는 페니컴을 보며 그보다 더 밝게 웃던 그녀를 생각한다.

소중한 순간마다 함께해주었던 꽃보다 예쁜 사람들과, 그날의 행복했던 기억. 차곡차곡 쌓아둔 그 소중한 기억들은 하나의 꽃씨가 되어 오늘처럼 다시 꽃으로 피어난다.

같이
살아가는 법

　'윙' 하는 소리와 함께 오늘도 아틀리에 안으로 벌이 들어왔다. 이에나는 정원과 함께하는 공간이라 날씨가 좋은 날에는 늘 창문을 열어두는데, 정원에도 아틀리에 안에도 꽃과 식물이 많은 탓에 벌, 나비 그리고 때때로 새들이 정원과 아틀리에 안을 구분하지 못하고 실내로 날아든다. 처음엔 놀라서 허둥지둥했었던 것 같은데 지금은 이런 작은 '소란' 정도에는 당황하지 않는다. 그저 꽃으로 조심스럽게 정원으로 인도하거나, 볕이 좋은 날에는 창에 커튼을 드리워 공간을 분리하는 것으로 해결한다.

　벌과 나비 그리고 새에 익숙해졌다면 조금 더 나아가 곤충과도 친해져야 한다. 꽃을 다듬다보면 종종 아직 나비가 되지 못한 애벌레들이 꽃잎 사이에 은밀히 숨어 있는 모습을 발견하기도 하고,

비가 오는 날에는 토방 위에서 헤매는 지렁이를 슬며시 눈을 감고 나뭇잎에 실어 흙으로 돌려보내기도 한다.

　　자연을 가까이하기 위해서는 따로 또 같이 살아가는 법을 배워야 한다. 물론 그들이 나의 언어를 이해하지 못하는 탓에 내가 더 많이 배려해야 하지만 말이다.

　　이렇게 풀 하나 꽃 하나를 가꿀 때에도 관심과 배려 그리고 이해가 필요한데, 난 이제까지 나와 마주하는 사람들을 인정하고 포옹하려고 얼마나 노력했을까. 말로는 그렇다고 말하면서도 나는 너와 다르다고 보이지 않는 선을 긋고 있진 않았는지. 같은 언어를 쓰면서도 서로 다른 말을 쏟아내던 우리의 수많은 순간들이 주마등처럼 스쳐 지나간다.

　　오늘도 매일 찾아와주는 박새의 노랫소리와 함께 아침을 시작한다. 매일 조금씩 튼튼하게 자라는 고마운 식물들과 함께 나도 자란다. 자연은 이렇게 차분하고 부드럽게 나를 키운다.

향기로
기억되는
사람

　　행사가 많았던 3월의 어느 날. 올망졸망한 꽃 하나하나가 향기로 가득한 히아신스를 한아름 사서 아틀리에 곳곳을 채웠다. 히아신스에서 퍼지는 향에 방문하는 손님들마다 칭찬이 끊이질 않았던 하루. 향기로운 히아신스로 파티가 열릴 공간을 채우고 또 신부와 친구들을 위한 히아신스로 만든 팔찌와 화관을 만들며 꽃잎 하나하나를 떼다보니, 어느새 긴 하루가 저물었다.

　　하루 종일 히아신스와 함께했던 하루. 집으로 돌아와 샤워를 하는데 몸에 배어 있는 히아신스 향이 흐르는 물을 따라 은은하게 퍼지며 욕실을 가득 채웠다. 이처럼 향기로운 꽃으로 작업을 하다 보면 꽃향기가 마치 옅은 향수를 뿌린 듯 몸에 밴다. 향기로운 순간, 그때마다 나는 꽃처럼 향기로운 사람이 되고 싶다고 생각한다.

사람들은 꽃과 함께하는 삶은 언제나 꽃처럼 아름답고 향기로운 일들로 가득할 거라고 생각한다. 달력을 채우는 많은 날들이 기쁘고 행복한 일들로만 가득하다면 얼마나 좋을까.

　　기분 좋게 하루를 시작했지만 어느 순간 화를 내고 얼굴을 찌푸리는 나를 발견할 때가 종종 있다. 화를 내고 찡그린 후 내 마음은 늘 후회로 가득하다. '불만이 넘쳐 결국 화가 됐네. 그 순간에 멈췄더라면. 그랬더라면 분명 오늘의 난 어제의 나보다 향기로운 사람이 되어, 주변 사람들에게 더 행복한 기운을 불어넣어 주었을 텐데' 하는, 그런 후회 말이다.

　　오늘도 꽃으로 가득한 아틀리에를 바라보며 다짐한다. 향기로운 꽃내음이 은은하게 내게 배이는 것처럼 좋은 생각, 행복한 마음이 천천히 내게 스며, 나무같이 포근하고 꽃처럼 향기로운 사람이 되기를. 내가 맞이할 내일이 오늘보다 더 향기롭기를 기대한다.

우리의
정원

완연한 봄이 되고 정원에 하나둘 꽃이 피기 시작하면 처음 이에나의 정원을 마주했던 순간이 떠오른다. 처음으로 정원을 꾸미게 된 초보 정원사는 무척 욕심이 많았던 것 같다. 정원을 어떤 식물로 어떻게 채워야 할지 밤새 고민하다가도, 아름다운 꽃들로 넘쳐나는 꽃 시장에만 가면 무언가에 홀린 듯 계획보다 많은 모종을 사왔다.

아름다운 꽃을 더 빨리, 더 많이 보고 싶은 마음. 현실 속 내 정원은 어리고 연약한데 마음은 벌써 모네의 정원에 있었다. 난 내가 꿈꾸는 정원을 위해 더 많은 모종을 심어야 한다고 생각했고, 그렇게 아무 생각 없이 심었던 모종들은 제자리를 찾느라 바쁘고 힘들어했다. 돌이켜 생각해보면, 아직 나의 정원은 시간이 필요한데 나는 어서 빨리 더 크게 자라라고 정원을 재촉하고 있었던 것이다.

하지만 아무리 재촉해도 자연의 속도 그 이상으로 정원이 자랄 수는 없는 법. 그렇게 해가 뜨고, 비가 오고, 바람이 불고, 눈이 오던 수많은 나날들이 지나 지금의 정원이 되었다. 수많은 시행착오를 겪으며 수년이 지난 오늘에서야 깨닫게 된 사실은, 나의 조바심과는 상관없이 정원의 식물들은 천천히, 제 속도로 자란다는 것. 그리고 그 정원을 위해 내가 할 일은 그저 꾸준히 물과 비료를 주고, 때때로 가지를 치고 돌을 고르는 것뿐.

생각해보면 우리도 그러하다. 좋은 날씨에도 궂은 날씨에도 묵묵하게 본연의 속도로 자랄 시간이 필요하다. 너무 욕심을 부려 처음부터 너무 많은 꽃과 나무를 심으면 어느 하나도 제대로 자랄

수 없듯, 조급한 마음과 욕심이 만나면 이미 우리에게 주어진 작은 모종까지 힘들어진다. 잘 가꿔진 모든 정원의 시작은 작은 모종들에 불과했다.

조급해하지 말고 욕심내지 말고 자신의 모종을 가꿔보자. 꾸준히 또 정성스럽게 물과 비료를 준다면, 모종은 점점 더 크고 싱그럽게 자라나 기쁨과 행복의 꽃을 피울 것이다. 시간이 지나면 지날수록 더욱 더 풍성하고 아름답게 자랄 것이다. 나의 정원이 그랬던 것처럼.

꽃에게
배운
따뜻한
말 한마디

　　꽃을 다듬기 시작한 지 벌써 한 시간이 훌쩍 넘었지만 아직도 다듬어야 할 꽃들이 한가득이다. 신문지에 싸인 꽃을 하나둘 풀러 잎을 정리하던 중, 툭 하고 델피니움의 줄기가 부러졌다.

　　고운 하늘빛의 델피니움. 줄기는 굵지만 사실 그 속은 텅 비어 있어 작은 충격에도 쉽게 부러진다. 빨리 다듬어야 한다는 생각에 나도 모르게 꽃을 잡고 있던 손에 힘이 들어가 그 줄기가 부러지고 만 것이다.

　　부러진 델피니움 줄기를 잘라 물에 담그며 방금 다듬었던 꽃들을 생각했다. 약해 보이는 매발톱꽃과 디디스커스. 두 꽃 모두 어린 꽃잎과 가녀린 줄기 때문에 연약해 보이지만 사실은 어떤 꽃들보다 튼튼하고 오래간다. 꽃을 다듬을 땐 늘 꽃의 숨겨진 모습까지 읽어야 그 꽃이 상하지 않고 싱싱하게 피어날 수 있다는 걸 다시 한 번 깨닫는다.

외강내유, 내강외유. 강해 보이지만 약하고, 약해 보이지만 강한 꽃들. 그리고 그 꽃들에 우리 모두의 모습이 있다. 겉으론 강해 보이지만 마음은 여리고, 약해 보이지만 사실은 강한 우리들. 우리는 서로의 마음을 읽지 못하고 또 주어진 상황에 의연하게 대처하지 못한 채, 말의 강약 조절에 실패하는 하루를 보내곤 한다.

걱정이 되어 하는 말인 줄은 안다. 밥은 먹었는지, 옷은 잘 입고 다니는지, 오늘은 누굴 만나는지 이것저것 묻는 엄마에게 그게 왜 궁금하냐며 퉁명스럽게 말하고 출근하는 길. 오래전 나도 그랬으면서 실수를 거듭하는 직원에게 무안을 주고 말았던 어느 오후. 그저 위로 받고 싶어 조금 투정을 부렸을 뿐인데, 오늘 일은 너에게도 잘못이 있다며 상황 정리를 하는 그에게 가시 돋친 말을 던졌던 그날. 사실 하고 싶었던 말은 그게 아닌데 왜 늘 마음과 다른 말이 나오는 건지.

무심히 다듬다가 부러져버린 꽃처럼 무심코 내뱉어버린 말들. 날카로운 말은 결국 가시가 되어 나에게 박히고, 차가운 말은 후회와 자책을 남긴다. 말을 하기 전에 잠시 말을 고르는 시간을 가져보자. 따뜻한 말 한마디는 마음속에 꽃 한 송이를 피운다.

꽃들의
언어

"꽃말이 예쁜 꽃이 있나요?"

한 남자분이 프러포즈를 앞두고 아틀리에를 찾아왔다. 이왕이면 꽃말도 예쁜 꽃으로 프러포즈를 하고 싶다며 머쓱하게 웃는 그의 모습이 설레 보였다. 그런 그를 위해서 준비했던 붉은 튤립의 부케. 포장된 부케를 조심스럽게 들고 나가는 긴장된 그의 뒷모습을 보며, 꽃으로 사랑의 편지를 대신했던 옛 연인들이 떠올랐다.

꽃은 그 아름다운 모양과 향기로 보는 누구에게나 행복감을 안겨준다. 그래서 아주 오래전부터 사람들은 꽃 하나하나에 의미를 붙이기 시작했다. 그래서 만들어진 것이 '꽃들의 언어The language of flowers'이다. 그 꽃에 담긴 언어를 사랑했던 빅토리아 여왕. 빅토리아 시대는 꽃들의 언어가 가장 화려하게 꽃 피운 시기였다.

옷을 잘 차려 입는 것만큼 꽃에 담긴 의미와 그 향을 중시하던 시대. 여인들의 머리, 의복, 장신구, 남성의 옷깃은 물론 공간을 장식할 때에도 본인을 표시할 수 있는 많은 물건들에 꽃의 문양과 향을 담았다.

사랑의 표현을 공공연히 할 수 없었던 빅토리아 시대의 연인들을 이어준 것도 바로 꽃이었다. 전하고픈 의미가 담긴 꽃들을 모아 사랑을 말했던 빅토리아 시대의 연인들. 초원 위에 핀 들꽃 한송이 한 송이에도 의미를 담고 또 그 꽃을 해석하며 울고 웃으며 밤을 지새웠을 날들. 그 모습을 생각하니 그때나 지금이나 사랑이 결코 쉬운 것 같지 않아 웃음이 나오면서도 진중하게 꽃을 고르고 선물하는 마음이 부럽기도 하다

당신을 사랑하는 이 마음
말로 표현할 길이 없어
자연이 들려주는 아름다운 말과 상형문자를
당신께 보내드리니
우리를 사랑하는 자연의 마음으로 미루어
나의 사랑을 헤아려주오.

사랑했던 여인, 샤를로테 폰 슈타인 부인에게 꽃다발을 보내며 괴테가 적어 보낸 글귀. 구식이어도 좋다. 오늘은 사랑한다는 말 대신, 사랑을 말하는 꽃으로 편지를 쓰자.

꽃이 좋은
이유

　꽃은 향기롭고 아름답다. 꽃을 싫어하는 사람이 있을까. 꽃은 그 존재 자체가 소중하여 길에 피어 있는 잡초라도 꽃이 피어나면 사람들은 쉽게 그 꽃을 꺾지 못한다. 그냥 지나칠 수 없는 마음을 피우는 힘. 그것이 꽃이 가지고 있는 힘이다.

　꽃은 보는 사람의 마음에 따라 때로는 슬픈 듯 때로는 기쁜 듯, 우리의 마음을 위로해준다. 말없이 곁을 지키는 것만으로도 좋은, 조용한 꽃의 위로.

　난 오늘도 꽃을 만든다. 변함없이 묵묵하게. 화려하진 않지만 은은하게. 전하는 이의 소중한 마음을 꽃 하나하나에 꼭꼭 담아 난 오늘도 그의, 그녀의 그리고 나의 사랑을 말한다.

꽃 하나에 사랑,
둘에 추억

　　파리에서의 퇴근길, 내 손에는 늘 꽃이 있었다. 수업에서 썼던 꽃, 만들다 꺾여 작게 다발로 만든 꽃 그리고 안 팔린 남은 꽃들. 집으로 돌아가는 길, 피곤에 지친 얼굴은 그다지 중요하지 않았다. 화사한 꽃을 들고 있으면 늘 누군가가 말을 걸었다.

　　그날 저녁도 꽃을 들고 퇴근하는 나에게 사람들은 말을 걸어 왔다. 그렇게 한참을 즐겁게 이야기하다 집으로 돌아오는 길. 대문을 활짝 열고 청소를 하고 있던 리나를 만났다. 리나는 포르투갈에서 프랑스로 이민 온 지 20여 년이 된, 파리에서 내가 살던 집의 관리인이었다. 건물 1층에서 살며 건물 내부의 크고 작은 일을 해결해주던 그녀. 매일 아침 인사를 나누는 사이였지만 그녀와 길게 대화를 나누어본 적은 없었다. 집으로 올라가는 계단 앞, 그녀의 방

창가에는 늘 하얀색 레이스 커튼이 드리워져 있었고, 그 앞은 붉은 테라코타에 심은 크고 작은 식물들로 가득했다. 늘 따뜻하고 아늑해 보여 궁금했지만 들어가보지 못했던 곳.

그날 저녁, 퇴근하고 돌아오는 나에게 인사하며 내 손에 들린 꽃을 한동안 바라보던 리나의 모습이 머릿속에 계속 맴돌아, 나는 다시 1층으로 내려가 그녀의 집 초인종을 눌렀다.

"무슨 문제라도 있나요?"

올라갔던 내가 다시 내려와 그녀의 방 초인종을 누르니 방에 급한 문제가 생긴 줄 알았는지 문을 연 그녀의 표정이 다급하다. 그도 그럴 것이, 그동안 내가 리나를 찾을 때는 방에 불이 나갔거나, 라디에이터가 고장 났거나 하는 등 문제가 있는 날이었다.

하지만 그날은 달랐다. 나는 잿빛 포장지로 감싼 미모사를 그녀에게 내밀며, 꽃을 선물하고 싶어 돌아왔다고 말했다. 덕분에 편안하게 생활할 수 있어 고맙다는 멋쩍은 인사와 함께 꽃다발을 내밀자 그녀의 대문이 활짝 열린다. 환하게 웃으며 리나는 나에게 차를 권했다.

늘 창문 너머에서만 보았던 리나의 거실. 그곳은 창문 밖에서 보는 것보다 훨씬 더 따뜻하고 아늑했다. 책과 화초로 가득한 공간. 알고 보니 거실 창가의 식물들은 그녀가 가지고 있는 화초의 극히 일부분이었다. 그녀는 화초를 가꾸는 것을 좋아한다고 말하며, 자랑하듯 거실 곳곳과 반쯤 열린 그녀의 침실에 있는 손질이 잘된 화초들을 보여주었다. 방금 물을 주었는지 집 안 곳곳의 테라코타 화분에서 촉촉한 흙 내음이 느껴졌다. 그렇게 차를 우리던 동안 화초에 대한 설명을 하던 리나는 의자에 앉아 있던 나를 뒤로하고 꽃병을 꺼내어 내가 선물한 꽃을 꽂았다.

집 안을 가득 채우는 은은한 흙과 꽃의 향기. 입 안 가득 퍼지는 따뜻한 차 향 때문이었는지, 아니면 향기로운 꽃 향기 때문이었는지는 모르겠다. 어느새 친해진 우리는 오래도록 대화를 나눴고, 왜 본인이 혼자인지 궁금하지 않냐며 그녀가 가족 이야기를 꺼냈다.

리나는 20년 전 남편 그리고 두 아들과 함께 프랑스로 이민을 왔다고 했다. 늘 남편의 퇴근길엔 그녀를 위한 꽃이 들려 있었는데, 오늘 내가 퇴근길 들고 온 꽃다발에 그가 좋아하던 미모사가 들어 있어 자꾸 눈길이 갔다고 했다. 그러곤 액자 속 오래된 사진 한 장을 내밀었다. 파리에 오기 전 포르투갈에서 찍은 가족사진이었다. 환하게 웃고 있는 두 아들 옆에 서서 두 손을 꼭 잡고 있던 두 사람. 오래되어 빛이 바랜 사진이었지만 충분히 상상할 수 있었다. 뜨거운 태양 아래 노랗게 물든 미모사와 그 환한 미모사 담장 앞에 서서 그보다 더 환한 미래를 꿈꾸는 가족의 단란한 모습. 웃고 있는 그들의 모습에서 빛이 나는 듯했다.

말없이 사진을 바라보던 나에게 그녀는 남편은 먼저 떠났고, 아들 둘은 포르투갈에서 새로운 출발을 했다고 말하며 어느새 떨어져 버린 차처럼 떫은 미소를 지었다.

잠이 오지 않는 밤. 그녀가 꺼내왔던 꽃병이 떠올랐다. 남편이 떠난 이후엔 늘 비어 있었을 것만 같던 그녀의 작은 꽃병. 그날 이후. 나의 퇴근길엔 늘 리나를 위한 꽃 한 송이가 있었다.

그렇게 리나와 나는 꽃이 있는 풍경 사이로 새로운 추억을 만들었다. 혼자였음에도 향기로울 수 있었던 파리의 나날들. 꼭 안으며 리나와 마지막 인사를 하는 그 순간에도 꽃이 있었다.

그렇게 꽃 하나엔 사랑이, 둘엔 추억이 있다.

행복하게
오래오래

너를 처음 본 순간,
네가 내 운명의 짝이라는 걸 알았어.

네가 힘들면 쉬어갈 수 있는 커다란 나무가 되고
꽃처럼 예쁘진 않아도
꽃보다 향기로운 사람이 될게.

너에게 이 추운 겨울을 잊게 해줄
따뜻한 봄이 되어준다고
약속해.

우리,
도란도란 오순도순
행복으로 가득 찬 우리의 꽃밭을 만들자.

HAPPILY
EVERAFTER

마음을
빚는 중

고운 달 항아리. 한 사람이 만들지만 그 크기 때문에 위와 아래 두 번에 걸쳐 이어 만드는 달 항아리는 닿는 사람의 손결에 따라 달처럼 둥글지만 틀에 찍은 듯 정형화된 둥근 모양은 아니다. 완벽한 형태는 아니지만 밤하늘에 떠 있는 달처럼 아름다운 달 항아리를 보며 도예와 꽃을 만드는 과정이 닮았다는 생각이 들었다.

흙과 풀. 각기 다른 자연의 소재로 만들어지지만, 그 재료를 다듬고 어르며 집중하다 보면 어느새 아름다운 작품이 완성된다는 점이 그렇다. 흙을 빚으며 표면을 부드럽게 다듬고 꽃잎 하나하나를 정성스럽게 다듬어 형태를 잡아가는 시간을 통해, 흙과 꽃뿐만 아니라 이리저리 치여 모나진 우리의 마음도 둥글어지는 듯하다.

꽃을 배우러 아틀리에를 찾는 사람들은 각기 다른 이유로 이곳에 온다. 하지만 그 시작은 늘 꽃을 통해 일상을 환기하고 치유의 시간을 갖고 싶다는 생각. 촉촉한 향을 머금은 꽃잎과 푸르른 풀들을 하나둘 잡고 이리저리 움직이다보면 어느새 손안에 작은 정원이 만들어진다.

　누구든 처음엔 꽃으로 무엇을 만드는 일이 익숙하지 않아 어수룩하고 조심스럽다. 혹여 꽃잎이 상할까, 줄기가 부러지지는 않을까 걱정하며 만들어낸 작품에는 완벽한 조형미는 없을지 몰라도 그보다 더 중요한, 꽃을 만드는 사람의 마음이 담겨 있다. 물론 꽃을 만드는 데 있어 어느 정도의 규칙과 방법도 중요하다. 하지만 가장 중요한 건 이 순간, 이 시간을 오롯이 본인의 것으로 만들고, 또 그 마음을 담아 정성스러운 꽃을 만드는 과정 그 자체인 듯하다.

잠시나마 복잡한 일들은 잊어버리자. 이런저런 이유로 날카로워졌던 마음의 가시도, 무거웠던 마음의 짐도 꽃을 바라보며 잠시 내려놓고, 꽃으로 빚는 이 시간을 즐겨보자.

사람이 둥글어지면 사랑이 된다고 한다. 나를 위해 마음을 둥글게 빚는 이 소중한 시간을 통해, 오늘은 꽃과 함께 당신도 사랑이 되기를.

시작은 늘
가족

사랑하는 아빠는 나무를 닮았다. 세상의 모든 아빠가 그렇듯 아빠는 가족에게 커다란 나무가 되어 더울 때는 그늘이 되어주고, 바람 부는 날엔 대신 바람에 흔들려주고, 비 오는 날엔 묵묵히 비를 맞아준다. 그렇게 늘 변함없이 우직하게 가족을 지켜주는 아빠. 사랑하는 나의 아름드리 나무.

사랑하는 엄마는 햇살을 닮았다. 엄마가 나타나면 세차게 불던 바람도, 넘쳐흐를 곳 없어 고였던 비도 어느새 사라져버린다. 따스한 햇살 같은 엄마와 함께라면 그 어떤 비바람이 몰아친다 해도 다시 내일을 맞이할 수 있을 것만 같다. 늘 나를 빛으로 이끌어주는 엄마는 나의 둘도 없는 햇살.

사랑하는 언니는 꽃을 닮았다. 얼굴도 예쁘지만 그 마음은 더

향기롭다. 힘든 일이 있을 때마다 늘 고운 시선으로 마음이 다치지 않게 보듬어주고 어루만져주는 언니. 나는 꽃 같은 언니가 참 좋다.

　시작은 늘 가족이다. 나무 같은 아빠, 햇살 같은 엄마 그리고 꽃 같은 언니. 가족을 통해 나는 사랑을 배우고 내일을 맞이할 용기를 얻는다. 그리고 그렇게 씩씩하고 튼튼하고 푸르게 자란다.

너에게
처음 주었던
꽃

너를 향해 쿵쾅거리는 내 마음을 들킬까 불안했어.
작은 너의 표정과 몸짓의 의미를 알고 싶어
잠 못 이루던 밤들도 있었지.
그리고 너의 마음도 나와 같다는 말을 들었던 그날,
내 마음엔 커다란 꽃 한 송이가 피었어.
그때 나는 너를 보며 활짝 웃었지.

그게 내가 너에게 처음 주었던 꽃.

겨울이
너무 긴
당신에게

창밖으로 유유히 내리는 함박눈을 바라보며 '이 겨울이 너무 길지는 않았으면······' 했다. 오늘처럼 몸도 가볍고 마음도 여유로운 날, 의자에 앉아 바라보는 하얀 창밖 겨울의 풍경은 너무도 아름답다. 하지만 이 아름다운 날이 어느 누구에게는 그저 춥고 지치는 겨울날일 뿐, 오히려 눈을 보고 즐거워하는 사람들을 보며 겨울이 더욱 길게 느껴질 수 있을 거라는 생각이 스치니 마음 한편이 조금 무거워진다.

이에나의 정원도 지금 긴 겨울을 나는 중이다. 매서운 겨울바람은 시시때때로 몰아치고, 땅은 단단하게 얼어버렸다. 봄이나 여름에 방문했던 사람들이라면 다소 적막하게 변해버린 정원의 모습을 보며 아쉬워할 수도 있겠다. 하지만 눈에 보이지 않는다고 정원이 비어 있는 것은 아니다. 눈을 이불 삼아 깊은 겨울잠에 들어간 꽃과 나무들은 사실 이 순간에도 꿈을 꾸고 있다. 산들바람이 부는 어느 봄날의 꿈, 환한 햇살을 받으며 기지개를 활짝 켜는 행복한 꽃 꿈을 말이다.

수많은 꿈들로 가득한 고요한 겨울 정원을 지긋이 들여다보고 있으면 그 어느 계절보다 따뜻한 땅의 기운이 느껴진다. 다시 올 봄을 위해 조용히 그리고 천천히 준비하는 꽃과 나무. 긴 겨울의 끝을 위해 부단히 노력하는 우리의 모습과도 닮아 있다.

소복이 쌓인 눈 사이로 은은한 달빛만 머무는 겨울 정원. 그리고 그 안의 꿈 많은 꽃과 나무들. 이 긴 겨울이 지나고 꽁꽁 얼었던 마음을 위로하며 따스한 봄이 당신 곁으로 오는 날, 더 환하게 피어오를 꽃을 기대해본다.

곧 봄이 올 것이다. 당신의 겨울이 다소 길더라도 조금만 더 기운을 내기를 바란다. 봄은 결코 약속을 어기는 법이 없으니.

봄이 오는
소리

사랑의 날들이
올 듯 말 듯
기다려온 꿈들이
필 듯 말 듯

〈들국화〉, 곽재구

봄이 온 줄 알았는데, 겨울은 아직 떠나고 싶지 않은가보다.
매서운 꽃샘추위를 뒤로하고 나는 오늘도 코끝이 빨개진 채, 봄을
기다리는 정원의 꽃들과 함께 사랑의 봄, 꿈의 봄을 기다린다.

산책

저녁 8시. 나는 산책을 나간다. 어스름한 달을 친구 삼아 걷는 길. 오늘도 수고했다며 차분한 바람이 머리를 어루만져주는 순간, 하루를 보상받는 듯한 기분이 든다.

저녁 특유의 짙은 공기. 밤에는 싱그러운 풀과 나무 내음뿐 아니라 흙 내음이 더해져 공기가 더욱 더 깊어진다. 이름을 알 수 없는 들꽃과 오래된 나무 사이, 그 길을 걷고 있으면 길가의 피고 지는 들꽃처럼 자연스럽고 편안하게 하루의 복잡한 생각들이 유유히 흩어진다. 내딛는 한 걸음 한 걸음에 고민과 걱정이 떨쳐진다.

고요하고 차분한 사유의 시간. 그렇게 오늘도 나는 새로운 내일을 위해 편안하고 익숙한 산책로를 걷는다.

언젠가는

누군가 나의 꿈을 물었을 때,

나는 반짝반짝 빛나는 꿈을 말하며

"언젠가는 그렇게 되겠지요"라고 말했다.

그렇게 언젠가라고 담담하게 내 꿈을 말했지만

사실 그 언젠가는

자욱한 안개처럼 막연한 언젠가가 아니라

내일이 가지고 있는 모든 희망과 떨림을 담은 언젠가.

그래서 나는 오늘도 내 모든 희망과 떨림을 담아

서두르지 않고 차근차근,

나만의 속도로 정성스럽게 오늘을 가꾼다.

계절을
담은 꽃

"별과 달이 환히 빛나고, 하늘에는 은하수가 흐르고 있으며, 사방에는 인적도 없으니, 그 소리는 나무 사이에서 나는 줄로 아옵니다(星月皎潔 明下在天 四無人聲 聲在樹間)."

구양수의 〈추성부秋聲賦〉에 나오는 위 구절을 표현한 심전心田 안중식의 그림, 〈성재수간聲在樹間〉에서는 바람 소리가 들린다. 책을 읽다 밖에서 나는 소리에 숨죽여 귀 기울이는 그림자, 흔들리는 대나무와 나뭇가지들 그리고 밖에 홀로 서 있는 동자의 흔들리는 옷자락…… 그림에서 쓸쓸한 가을의 서정이 묻어난다. 계절감을 표현한 화가의 붓놀림에 감탄하며 간송미술관을 나서던 길, 그림 밖에 펼쳐진 계절의 결이 시선이 향하는 곳곳에서 느껴진다.

계절을 담은 꽃. 제철 재료로 만든 음식이 가장 맛있듯, 꽃도 제철의 꽃으로 만들어야 가장 아름답다. 요즘에는 대부분의 꽃들이 온실에서 재배되고 또 수입되어 어떤 꽃이든 계절에 관계 없이 쉽게 볼 수 있지만, 그래도 가장 빛나는 꽃은 개화기를 맞이한 꽃들이다. 사랑스럽고 아기자기한 봄꽃, 또랑또랑 시원한 색감의 여름꽃, 곱게 물든 잎 사이에서 피는 우아한 가을꽃 그리고 눈처럼 맑고 청초한 겨울꽃. 봄, 여름, 가을 그리고 겨울. 서로 다른 매력을 가진 계절 고유의 서정을 담은 꽃들.

그저 출퇴근길 유유히 지나가는 창밖의 풍경으로, 매일 입는 옷의 두께로 변화하는 계절을 실감하는 오늘. 그렇게 잊고 있던 계절의 흐름을 우연히 마주한 한아름의 꽃에서 느낄 수 있다면 얼마나 좋을까.

꽃에 담긴 계절이 잠시나마 당신을 지금 이 순간으로 불러오기를 바라며, 나는 오늘도 봄의 햇살을, 여름의 바람을, 가을의 하늘을 그리고 겨울의 풍광을 담은 오늘의 계절을 배달하는 중이다.

행복은
가까이

커튼 사이로 천천히 스며드는 빛. 아침을 맞이할 준비가 되지 않았는데, 그런 나의 바람과는 상관없이 시작되는 하루. 먹는 둥 마는 둥 아침식사를 하고 가쁘게 출근하는 길, 다리 사이로 반짝이는 한강의 물결을 바라보며 나는 혼잣말로 "아, 행복하다" 하고 말했다.

향기로운 꽃과 함께하는 일상은 언제나 아름다워 보인다. 그래서인지 사람들은 나에게 행복하겠다고 말한다. 늘 동경의 대상이 되어버리고 마는 꽃과 함께하는 일상. 하지만 그런 나의 하루에도 비가 오고 바람도 분다는 사실을 사람들은 모른다.

나의 하루는 꽃을 다듬는 것부터 시작한다. 시장에서 고른 꽃들이 아틀리에에 도착하면 가장 먼저 신문지와 비닐에 포장된 꽃에서

잎과 가시를 일일이 제거하고 물에 담근다. 대부분의 사람들은 그저 시장에서 꽃을 구매해서 집으로 가지고 오는 이동 시간만 생각하지만 사실 꽃은 생각보다 먼 길을 돌아 우리에게 온다. 오랫동안 물 밖에서 지쳐 있었을 꽃들을 위한 시간은 생각보다 훨씬 더 많은 정성을 필요로 한다.

　이 세심하고 긴 작업이 모두 끝나면 그제야 모두가 상상하는 그림 같은 풍경이 펼쳐진다. 언제 무슨 일이 있었냐는 듯 가지런히 유리병에 진열되어 있는 촉촉하고 싱그러운 꽃들을 보며 부러워하는 사람들. 하지만 그 뒤에 가려 쉽게 보이지 않는 정성의 무게는 결코 가볍지 않다. 시간과 정성은 물론, 튼튼한 체력까지 필요로 하는 준비 과정과 만들어진 꽃의 가치를 환산하고 또 그 꽃을 평가받는 일. 그리고 그 꽃이 모두의 마음에 들도록 만드는 일은 아직도 늘 어렵다.

　정성을 다하고 나면, 어느 하나 예쁘지 않은 꽃이 없다. 하지만 모든 사람들의 취향은 각기 다르기 때문에 나의 꽃들은 늘 시험대에 오른다. 여린 색이 살며시 물든 스위트피를 보고 시든 꽃이라며 나를 질책하던 그녀의 말에 슬퍼하다가도, 같은 스위트피를 보며 처음 보는 특별한 색감이라며 좋아하는 그녀를 보며 웃는다. 복잡 미묘한 감정의 나날이 쌓이고 쌓이던 어느 날, 내 마음은 겹겹의 파이지처럼 부풀어 오르며 곧 '바삭' 하고 부서질 것만 같았다.

가장 좋아하는 일을 하면서도 행복하지 않았던 나. 나는 작은 불만 사항에도 뒤척이며 쉽게 잠을 이루지 못했고, 아직 다가오지 않은 일들을 걱정했다. 그러던 어느 저녁, 그렇게 좋아했던 일을 하면서도 행복에 대한 고민을 쏟아내는 나를 보고 언니가 말했다.

　"행복은 지금 이 순간에도 흘러가고 있어."

　그렇게 내가 흘러 보낸 시간들. 어느 봄날엔 벚꽃이 떨어졌고, 어느 여름엔 소나기가 내렸다. 어느 가을엔 차가운 바람이 불었으며 또 어느 겨울엔 하얀 눈이 내렸다. 수많은 시간들 속, 내가 행복을 찾기 위해 쉴 틈 없이 달리던 사이, 행복은 늘 그 사이 사이에서 나와 함께 있었는데 나만 몰랐던 것이다.

　꽃비가 내리던 봄날엔 내 손을 꼭 잡아주던 엄마와 함께였고, 소나기가 내리던 어느 촉촉한 여름엔 저 멀리서 허겁지겁 우산을 들고 뛰어오던 아빠가 있었다. 서늘한 바람이 볼을 스치는 가을날엔 왠지 모를 설렘으로 가득한 차가운 공기를 안고 있었고, 또 함박눈이 내리던 어느 겨울날의 나는 눈을 보고 신난 백구와 함께 신나게 뛰었다.

손톱만 했던 초승달이 차오르는 모습을 보면서 다시 새로운 마음으로 천천히 마음을 채우는 나날들. 크지 않다고 느꼈던 작은 행복들이 모여 이렇게 큰 행복이 된다는 걸 이제야 안다. 오늘이 지나면 내일이 되고 그럼 오늘은 다시 추억이 되어버린다. 다시 돌아오지 않을 지금 이 순간. 행복을 찾느라 잃어버린 지난 시간은 다시 되돌아오지 않고, 행복을 고민하는 사이에 오늘은 또 지나간다. 하루하루를 소소하지만 의미 있고 행복한 일상들로 꼭꼭 담자.

오늘도 나는 마음속 한 겹의 기억에 작고 달콤한 행복을 발라 차곡차곡 쌓는 중이다. 그래서 오늘의 나는 어제보다 더 행복하고, 분명 내일은 더 행복할 것 같다.

꽃과
함께하는
말

　　배송해야 하는 꽃들로 분주한 아침, 꽃과 함께 보내야 하는 카드를 체크하고 있자니 빠지지 않는 말이 있다.

　　'사랑해요. 사랑해. 사랑한다.'

　　꽃과 함께 전하는 말은 늘 상냥하고, 포근하다. 누군가의 두근거리는 사랑 고백, 하루 종일 웃게 하는 기분 좋은 메시지, 또는 오늘을 보내고 내일을 맞이할 수 있는 힘이 되는 응원의 문장들. 언제 들어도, 언제 말해도 따뜻하고 고운 말들이 꽃과 함께 오간다.

　　오늘 아침 주인을 향해 떠나는 모든 꽃들이 담은 마음도 어제와 같다.

　　사랑해요, 사랑해, 사랑한다.

꽃을
선물하는
마음

엄마와 함께하는 꽃 시장. 한참을 시장 곳곳을 둘러보다 엄마가 멈춰선 곳에는 향기로운 동백나무가 있었다. 다소곳하게 꽃방울을 매달고 있는 향동백나무를 보며 엄마가 말했다.

"외할머니에게 보내줄까?"

그러고 보니 엄마는 예쁘고 향기로운 꽃을 볼 때마다 멀리 지방에 계신 외할머니를 먼저 생각했다. 엄마는 계절마다 꽃과 나무를 골라 외할머니께 보내드리고, 또 그 꽃이 얼마나 예쁘고 향기로운지 한동안 외할머니와 대화를 나누다 "엄마 사랑해"라고 말하며 전화를 끊었다. 허리가 불편해 쉽게 외출하기 힘들었던 외할머니. 그런 외할머니를 위해 꽃과 나무를 보내서 꽃이 피고 지는 계절의 변화를 보여주고 싶었던 것이 엄마의 마음이었다.

꽃을 선물하는 마음은 이렇게 애틋하고 따뜻하다. 아름다운 꽃을 보면 소중한 사람이 떠오르고 또 그 아름다움을 함께 나누고 싶은 마음에 우리는 꽃을 선물하고, 꽃놀이를 간다. 온 세상이 꽃으로 물드는 봄은 어쩌면 소중한 사람과 더 많은 시간을 보내고, 행복한 순간을 함께 나누라고 우리에게 주어진 계절일지 모른다.

아름다운 봄, 소중한 사람을 위해 특별한 꽃 선물을 하자. 당신의 따뜻한 마음이 담긴, 세상에 단 하나밖에 없는 귀하고 아름다운 꽃을.

Part 2

특별하지
않은 꽃은
하나도 없다

sweet pea | 스위트피

당신에게
반드시
오고야 말
행복

　버지니아 울프의 소설 《댈러웨이 부인》에서 주인공 클라리사
는 저녁에 있을 파티를 위해 꽃을 사러 나간다. 참제비고깔, 스위
트피, 라일락, 카네이션, 장미 그리고 붓꽃…… 멀버리 꽃집의 수
많은 꽃들 중에서 그녀가 고른 꽃은 하늘거리는 스위트피.

　꽃으로 가득한 꽃집의 풍경을 '마치 빛나는 여름날의 낙조落照
때에 모슬린 드레스를 입은 처녀들이 검푸른 하늘을 등지고 스위
트피와 장미꽃을 꺾으러 오는 모습만 같다'고 생각하며 그녀는 꽃
밭 위를 한가로이 거닐며 행복했던 옛 시절을 추억한다.

　클라리사가 들렀던 멀버리 꽃집처럼 다양한 꽃으로 가득한 나
의 아틀리에. 그리고 그 수많은 꽃들 중 내가 가장 사랑하는 꽃, 스
위트피. 오늘도 아틀리에에는 스위트피가 한가득이다. 봄의 시작을

알리는 스위트피가 꽃 시장에 나오면 지나치지 못하고 늘 한아름 담아오기 때문이다. 컨디셔닝을 마친 형형색색의 스위트피를 바라보고 있으면 마음이 행복감으로 충만해져 나도 모르게 입가에 은은한 미소가 퍼진다.

나비를 닮은 가녀린 꽃잎, 개구지게 덩굴진 잎 그리고 서서히 퍼지는 고운 향기. 스위트피는 따뜻한 봄볕 아래 살랑대는 나비가 아름다운 꽃을 만났을 때의 그 설렘을 꼭 닮았다.

'봄이 오듯, 당신에게 반드시 오고야 말 행복'이라는 아름다운 꽃말을 가진 스위트피를 만난다면 당신도 이 사랑스러운 꽃과 분명히 사랑에 빠지게 될 것이다. 꽃과 사랑에 빠지는 시간은 우리가 사랑에 빠지는 시간, 0.2초면 충분하다.

ranunculus | 라넌큘러스

나는
부끄럼이
많아요

몽글몽글하게 피어난 라넌큘러스로 예쁜 부케를 만들어 보냈던 날이 엊그제 같은데, 그 부케를 들고 결혼한 그녀가 다시 나를 찾아왔다. 멀리 보이는 두 사람. 너무나도 닮은 모습에 나도 모르게 웃음이 나온다. 그녀의 손을 잡고 나타난 귀여운 소녀. 둥근 눈매와 야무진 입 그리고 뽀얀 피부까지 그녀를 쏙 빼닮은 아이. 수줍은 네 살, 그녀의 딸이다. 엄마 뒤에 숨어 몸을 배배 꼬며 인사하는 이 꼬마 숙녀, 꼭 부끄러움이 많은 봄꽃 라넌큘러스를 닮았다.

라넌큘러스는 뽀얗고 둥근 얼굴 속에 수줍은 듯, 곧 부풀어 오를 것 같은 겹겹의 많은 꽃잎들을 감추고 있다. 라틴어로 '작은 개구리'라는 뜻을 가지고 있는 라넌큘러스는 부끄러움이 많았던 개구리 왕자가 숲 속의 요정에게 사랑을 고백하지 못하고 변한 꽃이라고 전해

오는데 이 꽃이 수줍게 보이는 이유가 달리 있는 건 아닌 것 같다.

천천히 하나하나의 꽃잎을 펼쳐 보이며 조심스럽게 날 봐달라고 말하는 꽃. 하지만 꽃잎이 모두 펼쳐지면 화사한 아름다움으로 모두를 반하게 만드는 꽃, 라넌큘러스.

조금만 용기 내어 다가가면 더 아름답게 피어날 우리의 사랑처럼, 오늘도 라넌큘러스는 천천히 수줍은 듯 꽃잎을 피운다.

cherry blossoms | 벚꽃

우리 모두의
벗꽃 엔딩

피어 있는 모습만큼 지는 모습도 아름다운 벗꽃. 피고 지는 아름다운 벗꽃을 구경하기 위해 매년 봄, 수많은 사람들이 전국 각지에서 열리는 벗꽃 축제를 찾는다.

아침에는 따스한 봄빛을 받아 투명해진 꽃잎이 사랑스럽고, 오후에는 긴 나뭇가지에 새하얀 눈처럼 쌓인 꽃들의 모습이 눈부시고, 또 저녁엔 어둠이 내려앉은 하늘과 대조되어 아름답게 빛나는 벗꽃. 이 아름다운 벗꽃이 일제히 화려하게 피었다가 순식간에 져버리는 게 아쉬워 나는 매년 남들보다 먼저 벗꽃을 맞이할 준비를 한다.

우리 집 앞에는 작은 공원이 하나 있다. 내가 태어나기 전부터 있었던 이 공원은 키가 큰 왕벗꽃나무들로 둘러싸여 있다. 벗꽃이

피기 시작하면 그 모습이 얼마나 아름다운지, 굳이 벚꽃을 보려고 다른 곳을 따로 찾아가지 않아도 전혀 아쉽지 않을 정도이다. 소박하지만 아늑하고 멋진 곳.

봄이 왔는데 마음은 아직 봄을 맞이하지 못한 어느 날, 거실에 앉아 공원을 무심코 바라보다 봄이 와버린 것을 실감했다. 암자갈색의 나뭇가지만 앙상했던 공원의 벚꽃나무가 분홍빛으로 물들기 시작한 것이다. 계절에 민감한 사람이라면 이 조심스럽고도 은밀한 분홍빛 신호가 얼마나 설레는 봄을 담고 있는지 알 것이다. 보일 듯 말 듯, 연한 분홍빛으로 물든 가지가 한 번 더 진한 꽃분홍으로 물들면 작은 꽃봉오리가 하나둘 올라오고, 이내 봉긋하게 터지고 만다. 차근차근 분홍빛 봄을 준비하는 벚꽃나무의 조용한 행보. 마치 사랑을 시작하는 모두의 이야기 같다.

벚꽃이 피는 봄이 되면 생각나는 그녀. 벚꽃이 분홍색 꽃비가 되어 내리던 날 그녀의 뺨을 타고 눈물이 흘렀다. 오랫동안 함께해온 연인과 헤어진 그녀는 무덤덤하게 두 사람의 이별 이야기를 꺼내는 듯하다가 그렇게 한참을 울었다. 그리고 그녀가 말했다. 서두르지 않고 천천히 물든 사랑도 결국 지고 만다고. 그렇게 꽃비가 내리던 어느 봄날. 그녀의 사랑도 내렸다.

그리고 다시 돌아온 봄. 말갛던 벚꽃이 하나둘 피어나고 만개한 벚꽃 사이로 걸어오는 그녀가 보인다. 한 손은 연인의 손을 잡고, 한 손은 나를 향해 크게 흔들며 더없이 행복한 미소를 지어 보이는 그녀. 그리고 그 사랑스러운 연인들의 머리 위로 겨우내 준비했던 벚꽃이 다시 한 번 꽃비가 되어 내린다. 사랑에 빠진 그녀의 환한 얼굴 때문일까? 올해 벚꽃은 작년에 보았던 벚꽃보다 유난히 빛나고 더 아름다워 보인다.

violet | 제비꽃

보랏빛
추억

　벚꽃이 지나간, 꽃비가 내렸던 그 자리에 다시 꽃이 핀다. 작고 귀여운 보라색 꽃. 풀밭 이곳저곳을 설렘으로 물들이는 청순한 보랏빛 물감의 주인공은 바로 제비꽃이다.

　제비꽃은 나에겐 추억의 꽃이다. 강아지마냥 한참을 풀 위에서 굴러 도깨비바늘이 잔뜩 붙은 옷을 입고 신나게 놀던 나. 꽃 도둑을 자처하며 길가의 꽃을 꺾으며 배시시 웃던 나. 아직 완전히 푸르게 변하지 못한 풀 사이사이에 핀 제비꽃으로 친구들과 반지도 만들고 머리핀도 만들던 그때 그 시절의 나.

　자세를 낮추어 주의 깊게 보지 않으면 보이지 않을 정도로 작은 꽃. 하지만 나에게는 훨씬 크고 의미 있는 시간을 담고 있는 꽃. 제비꽃은 매년 봄, 나를 추억으로 물들인다.

honeysuckle | 인동초

엄마를
닮은 꽃

"선생님 이 꽃이 인동초라고요?"

인동초와의 첫 만남에 그녀가 까르르 웃으며 즐거워한다. 이유인즉슨 인동초는 그녀의 어머니가 가장 좋아하는 꽃이자 즐겨 부르는 노래의 제목이라는 것이다. 입술 모양을 닮은 꽃잎과 슬며시 보이는 연미색 수술을 가진 인동초를 보며 사랑하는 엄마를 떠올린 그녀. 그녀는 인동초의 꽃말이 '헌신적인 사랑'이라는 것을 알았을까.

늦은 봄이 찾아오면 나의 정원에도 인동초가 핀다. 무심히 지나가는 나에게 나 여기 피었다고 향기로운 내음으로, 그 말간 입술로 먼저 나를 부르는 꽃, 인동초. 긴 겨울 동안 시린 바람과 추위를 묵묵히 견뎌내고 돌담을 타고 올라가 꽃을 피우는 곱고 고운 꽃. 봄바람을 타고 불어오는 은은한 향기를 따라가면 그 끝엔 항상 인동초가 피어 있다.

인동초를 보면 그녀처럼 나도 엄마가 생각난다. 그 존재만으로도 큰 힘이 되어주는 엄마. 길고 고단한 겨울을 이겨내고 향기로운 봄을 맞이하는 인동초처럼, 엄마도 긴 겨울을 나며 우리 모두의 봄을 기다렸겠지. 늘 우리 가족을 위해 헌신하는 엄마에게 오늘은 말해야겠다. 하늘보다, 우주보다 더 사랑한다고. 아마 그럼 엄마는 웃으며 말하겠지. 내 마음 이미 다 알고 있다고.

wisteria | 등나무꽃

꿈처럼
아름다운
봄

　1920년대, 비가 추적추적 내리는 영국 런던. 삭막한 도시 생활과 외로움에 지쳐가던 두 여인이 일탈을 꿈꾸며 등나무꽃으로 둘러싸인 지중해 연안의 산 살바로트 성을 빌리기로 결심한다. 그녀들은 성을 빌리는데 부족한 자금을 충당하기 위해 미망인과 자산가 할머니를 그들의 일탈에 초대한다. 이렇게 총 네 명의 여인이 4월의 이탈리아로 떠나며 시작되는 영화, 〈4월의 유혹〉.

　영화 속 지중해의 봄은 한 폭의 수채화처럼 아름답다. 찬란한 햇살과 그 햇살을 담아 반짝이는 금빛으로 일렁이는 물결. 향기롭고 아름다운 꽃과 나무에 둘러싸인 그녀들의 일상은 자유롭다. 서재에 앉아 편지를 쓰거나 꽃을 그리고, 해안가 바위나 숲에 누워 자연을 느낀다. 어둡고 무의미했던 그녀들의 삶은 여유롭고 온화한

일상 속에서 점점 행복으로 차오르고 사랑이 싹튼다.

봄이 되면 포도송이처럼 탐스러운 보랏빛 꽃을 주렁주렁 매달고 꽃그늘 아래로 사람들을 초대하는 등나무꽃. 지친 일상에서 잠시 벗어나, 꿈처럼 아름다운 봄을 느끼고 싶다면 등나무 꽃그늘 아래로 가자. 등나무꽃이 당신에게 향기로운 봄의 온화함과 여유를 선물할 것이다.

dicentra | 금낭화

당신을
따르겠어요

문이 열리고 5월의 햇살처럼 빛나는 그녀가 들어온다. 사랑에 빠진 사람만큼 빛나는 사람이 또 있을까? 예비 신랑 신부는 늘 따스한 봄빛을 이고 온다. 고운 한복을 입을 신부를 위해 추천했던 비단처럼 고운 꽃 '금낭화'. 금낭화는 복주머니처럼 생긴 꽃잎에 금빛 수술을 숨긴 꽃들이 한 줄기에 조르르 줄지어 피는 우리의 아름다운 봄꽃이다. 사랑스러운 은방울꽃과 그 생김새가 비슷하지만, 금낭화에서는 동양의 단아한 분위기가 느껴진다.

곱게 빗은 새색시의 쪽머리 위로 흘러내리는 금낭화 한 송이. 새색시가 꽃신을 신고 걸어가는 길 끝에 새신랑이 활짝 웃으며 서 있다. '당신을 따르겠다'는 금낭화의 꽃말처럼 서로를 믿고 함께 간다면, 두 사람이 함께하는 길은 늘 오늘과 같은 꽃길일 것이다.

lily of the valley | 은방울꽃

행운을
빌어요

"Bon Chance^{행운을 빌어요}."

내가 떠나는 걸 알았던 걸까? 파리에서의 마지막 날, 공항으로 향하는 버스를 기다리던 나에게 지나가던 할머니가 작고 하얀 꽃을 하나 쥐어 주었다. 은방울꽃.

프랑스에서는 5월 1일, 서로에게 은방울꽃을 선물하며 행운을 기원하곤 한다. 파리를 떠나며 앞으로 펼쳐질 미래에 대해 막연한 꿈을 꾸던 나. 그리고 할머니가 쥐어준 은방울꽃. 이 꽃의 향기가, 그 향기로운 행운이 나를 좋은 길로 인도해줄 것만 같아서 나도 모르게 입가에 미소가 번졌다.

파리에서 처음 만난 은방울꽃은 봄의 시작을 알리는 꽃이기도 하다. 오밀조밀한 하얀 종이 줄지어 매달려 있는 듯한 모양의 꽃.

은방울꽃은 단단했던 땅이 풀리고 쌓여 있던 하얀 눈이 서서히 녹기 시작하면 싹을 틔우고, 천천히 봄의 햇살을 받으며 피어난다. 하지만 길고 큰 잎에 작은 얼굴을 숨기고 깊은 산속 골짜기에서 서식하기 때문에 은방울꽃을 찾는 일은 쉽지 않다. 마치 행운이 우리에게 쉽게 찾아오지 않는 것처럼 말이다. 좀처럼 곁을 쉽게 내어주지 않는 은방울꽃은 어쩌면 그래서 더 소중하게 느껴지는지도 모르겠다.

파리에서의 생활을 마치고 새로운 시작을 준비하는 내게 다가왔던 은방울꽃. 그날 할머니가 나를 위해 행운을 빌어주며 건넸던 이 꽃으로, 이제 나는 사랑스러운 신부들을 위한 부케를 만든다. 떨리는 마음으로 새로운 시작을 하는 아름다운 그녀들에게 향기롭고 달콤한 행운을 선물하는 마음으로.

anemone | 아네모네

내 이야기를
들어주세요

　　꽃을 바라보고 있으면 그 꽃들도 나를 바라보는 듯한 느낌을
받을 때가 종종 있다. 말없는 꽃의 조용한 위로. 들쑥날쑥한 감정
의 소용돌이 속에서 나의 마음을 편안하게 해주는 것도 늘 꽃이다.
손끝에서 느껴지는 촉촉한 꽃잎과 줄기의 촉감은 이런저런 이유로
지쳐가는 마음이 더 이상 메마르지 않도록 지켜준다.

　　보드랍고 연한 둥근 잎에 진하고 반짝이는 검은 수술을 숨긴
꽃. 순하게 생긴 얼굴과는 다르게 빛과 온도에 예민한 꽃, 아네모
네. 사람의 체온에도 빠르게 반응하는 아네모네는 조금만 잡고 있
어도 손에서 전해진 체온의 영향으로 어느새 활짝 피어 '안녕' 하
고 먼저 인사한다. 만약 아네모네가 활짝 피는 것을 원하지 않는다
면 어둡고 추운 곳에서 아네모네를 만나야 한다. 당신의 차가운 손에

놀란 아네모네는 굳게 앙 다문 꽃잎을 절대로 펼쳐 보이지 않을 것이다.

　오늘도 아네모네는 그 호기심 많은 검은 눈동자를 숨기고 언제나처럼 천천히 당신의 마음을 엿본다. 이번엔 우리가 먼저 아네모네의 이야기에 귀 기울여주면 어떨까. 그럼 아마도 아네모네는 훨씬 더 다양하고 사랑스러운 표정으로 당신을 바라봐줄 것이다.

carnation | 카네이션

꽃으로
전하는
마음

첫 걸음마, 첫 등굣길, 첫 출근길······.

소중하고 아름다웠던 시작의 순간에는 늘 사랑하는 부모님이 곁에 있었다. 언제나 같은 자리에서 나보다 더 기뻐하며 나를 응원해주신 두 분. '지금껏 그래왔듯 앞으로도 쭉 함께해주겠지' 하는 생각 때문일까, 가장 사랑하는 두 분이지만 그래서 더 사랑한다고 말하지 못했던 것 같다. 그 깊이를 헤아릴 수 없는 부모님의 사랑에 대해 다시 한 번 생각하게 되는 5월. 그리고 5월이면 생각나는 꽃, 카네이션.

카네이션은 '꽃이 전하는 마음'을 알게 해준 꽃이다. 고사리처럼 작은 손으로 삐뚤빼뚤 색종이를 오려 만든 첫 번째 꽃이 카네이션이었고, 내 손으로 처음 산 꽃도 카네이션이었다.

카네이션은 1910년 미국의 한 여성이 어머니를 추모하기 위해 모인 사람들에게 하얀 카네이션을 나눠준 뒤로 어머니에 대한 사랑과 모정을 상징하는 꽃이 되었다고 한다. 그리 얼굴이 크지 않은 꽃이지만 카네이션이 상징하는 의미와 사랑의 크기는 형용할 수 없이 크고 깊다.

꼭 어버이날이 아니어도 가끔씩 부모님께 카네이션을 선물하면 어떨까. 화려하지 않아도 좋고, 큰 꽃다발이 아니어도 좋다. 그저 아무 말없이 집 안 가장 잘 보이는 곳에 두고 나와도 좋다. 그동안 쑥스러워 말로 전하지 못했지만 분명 진심일 그 마음, 그 사랑이 꽃으로 전해질 것이다. 난 그렇게 믿는다.

lilac | 라일락

추억과 함께
피는 꽃

　첫사랑. 라일락의 꽃말이다. 첫사랑처럼 풋풋하고 싱그러운 향기를 지닌 라일락은 매년 초여름 은은한 향기와 함께 우리를 찾아온다.

　라일락은 그 색감과 형태가 매우 다양하다. 청순한 신부처럼 아름다운 순백의 라일락, 사랑스러운 여자아이 같은 핑크빛 라일락 그리고 풋풋한 첫사랑을 닮은 보랏빛 라일락……. 여러 가지 라일락 중 단연 진한 향기를 가진 라일락이 있다. 이름은 '미스김'.

　미스김 라일락은 1947년, 한국에 파견되어 근무하던 식물채집가 엘윈이 미국으로 돌아가 개량에 성공한 라일락으로, 당시 자료 정리를 도와주었던 한국인 타이피스트의 성을 따서 '미스김 라일락'이라는 이름을 붙여주었다고 한다.

사랑에 빠지면 세상에 존재하는 모든 아름다운 것들에 사랑하는 사람의 이름을 붙여주고 싶은 게 사실. 이 향기롭고 아름다운 꽃의 이름을 짓는 순간에 엘윈 또한 사랑하는 사람의 이름이 떠오른 게 아닐까? 짙은 향기의 미스김 라일락을 바라보며 아주 잠시 그가 김씨 성을 가진 한국인 타이피스트를 사랑했던 건 아닌지 상상해본다.

꽃이 핀 자리엔 늘 추억도 함께 핀다. 은은한 라일락 향기에 뒤를 돌아보며, 사랑의 기억을 더듬을지도 모를 그를 생각한다.

clematis | 클레마티스

나비를
위하여

　내가 만든 꽃엔 나비가 쉬어가는 곳이 있다. 나는 아무리 작은 꽃이라도 그 꽃을 통해 위로를 받는 사람들이 있다는 것을 안다. 그리고 그 위로를 위한 꽃은 언제나 자연 그대로의 모습이었으면 하는 마음에, 나는 꽃을 만들 때 늘 나비를 위한 자리를 마련해둔다. 꽃을 만들 때 가장 중요한 것이 그 꽃에 담긴 마음이라면, 나는 그 꽃에 자연의 모습을 담아 자연의 여유로움까지 더불어 선물해주고 싶다.

　나비를 위한 꽃은 화려하고 존재감 있는 큰 꽃들보다는 하늘하늘 나비와 같이 바람을 느낄 수 있는 꽃이라야 한다. 바람이 불면 그 바람에 일렁이고 또 꽃을 들고 가는 사람의 걸음걸이에 맞춰 살랑살랑 또 주억주억 흔들렸으면 한다. 이런 이유 때문에 나는 종종 덩굴식물로 꽃을 마무리한다. 많은 덩굴식물 중에서도 가장 고운 선을 가지고 있어 내가 특별히 더 애정하는 꽃이 있다. 클레마티스.

으아리꽃이라고도 불리는 클레마티스는 줄기가 곧게 서는 종도 있지만 대부분 가느다랗고 아름다운 선을 가진 줄기에 별을 닮은 예쁜 꽃이 피는 여성스러운 꽃이다. 종이보다 얇은 꽃잎은 마치 살짝 비치는 한복의 고운 치맛자락을 닮았고 또 가녀린 잎과 줄기는 아름다운 선이 강조된 입춤을 추는 여인의 손동작 같다.

오늘도 나는 자연을 닮은 꽃다발을 만든다. 클레마티스의 줄기가 꽃 사이를 춤추듯 날아오르고, 그 위에 예쁜 별이 뜬다. 선물하는 사람의 달뜬 마음도, 그리고 꽃을 준비하는 나의 마음도 오롯이 담겨 있는 꽃. 그 꽃 위에 나비가 살포시 앉는다.

tree peony & peony | 모란과 작약

봄을
수놓는
꽃

"모란이 예쁘게 피었네요."

어느 6월의 오후, 향기로운 꽃으로 환해진 정원을 보고 그가 말했다. 예로부터 부귀를 상징했던 꽃. 화중지왕花中之王. 모두 화려한 자태를 자랑하는 모란을 가리키는 말이다. 모란의 생김새는 작약과 매우 흡사해 나무에서 피는 작약이라고 하여 목작약이라고도 불린다. 하지만 그가 가리킨 정원 한 켠에 피어 있던 꽃은 모란이 아닌 작약. 바로 화왕花王이라고 불리는 모란을 보필하는 재상宰相이라고 하여 화상花相이라고도 불리는 꽃이다. 봄에 결혼하는 신부들이 부케로 가장 선호하는 꽃이기도 하다.

꽃만 언뜻 보면 둘은 비슷해 보이지만, 모란은 나무, 작약은 풀이다. '앉으면 작약, 서면 모란'이라는 말도 여기에서 나왔다. 다시 말해 모란은 나무에서 피는 꽃이고 작약은 풀에서 피는 꽃이라는 말이다.

이 둘은 겹겹이 얇고 고운 꽃잎이 노란 수술을 감싸는 꽃의 형태와 세 갈래로 갈라지는 잎의 모양, 심지어 피는 시기도 비슷하여 꽃만 보면 구분이 어렵다. 쌍둥이처럼 비슷한 생김새를 가진 모란과 작약, 이 두 꽃은 아름다운 봄의 풍경을 더욱 더 수려하게 수놓는다.

꽃으로 가득해 더없이 아름다운 봄. 모란이든 작약이든 그 이름은 중요하지 않다. 지금 당신 앞에 활짝 피어 있는 아름다운 꽃을 눈에 담고 마음에 담아두자. 곧 봄이 떠나가는 슬픔에 아름다운 꽃들이 꽃잎을 뚝뚝 떨어뜨리고 사라져도 마음속에 담아둔 오늘의 꽃이 내년 봄까지 당신의 마음에 활짝 피어 있도록.

hydrangea | 수국

여름의
사랑을
전해요

봄은 사랑할 수밖에 없는 계절이다. 파란 하늘, 온화한 날씨, 아이들처럼 연한 연둣빛 잎을 가진 나무들 그리고 여기저기서 터지는 다채로운 색감의 향기로운 꽃들의 향연. 그래서인지 나는 봄을 유난히 다른 계절에게 양보하고 싶지 않다. 무덥고 습한 여름에게는 더더욱. 물론 여름은 짙은 녹음이 주는 싱그러움과 특유의 편안함이 있지만 포근하고 사랑스러운 봄의 매력에 비할 수는 없다. 그렇게 화사했던 봄이, 내가 사랑하는 봄이 떠나버리고 주르륵주르륵 여름비가 내리는 날, 봄을 붙잡고 싶은 내 마음을 가만히 두드리는 꽃, 수국.

수국은 여느 잎처럼 푸르기만 했던 작은 꽃잎들이 커지며 아기 엉덩이처럼 방실방실한 꽃을 피운다. 둥글둥글하고 시원시원한 꽃의 모양이 주는 포근한 느낌 때문인지 계절을 불문하고 많은 사람들이 찾는 꽃이기도 하다.

여름을 맞은 나의 정원에도 수국이 핀다. 뜨거운 여름 오후, 뙤약볕에 수국이 힘들어할까 나는 하루에도 몇 번씩 달려 나가 물을 준다. 처음 심었던 수국은 하늘을 닮은 푸른빛의 꽃이 무척이나 아름다웠는데, 다음 해 같은 자리에서 핀 수국의 색은 수줍은 분홍빛. 수국은 토양의 산도에 따라 그 색감이 달라지는데, 토양이 산성이면 푸른빛을 띠고, 염기성이면 분홍 그리고 중성이면 연두색이 된다.

분홍빛으로 나를 놀라게 했던 수국의 꽃말은 '변하지 않는 진심'이다. 토양의 산도와는 별개로, 꽃을 대하는 변함없는 나의 마음에 수국이 분홍색으로 변했다고 믿고 싶었던 어느 여름, 나의 정원은 분홍빛 수국으로 가득했다.

sandersonia | 산더소니아

여름밤을
밝힙니다

태국에서는 보름달이 뜰 때 풍등을 날려 소원을 빈다. 1년 중 열두 번째 보름달이 뜰 때 가장 큰 풍등 축제가 열리는데, 이때면 수만 개의 호박색 풍등이 별보다 가깝게 반짝이며 저녁 하늘을 수놓는다.

산더소니아는 바로 그 풍등을 닮은 꽃이다. 일직선의 호리호리하고 긴 줄기에 호박색 등불 모양의 작은 꽃들이 줄지어 핀다. 산더소니아 농장을 방문한 적이 있다. 여린 산더소니아 줄기를 보호하기 위해 둘러둔 실들과 그 줄기 사이로 떨어지는 꽃들이 서로 어우러져 마치 빛을 따라 흐르는 밤길을 걷고 있는 것만 같은 느낌.

별도 달도 쉬는 오늘밤, 소원을 담은 풍등 대신 아름다운 초여름의 꽃, 산더소니아의 꽃 하나하나에 크고 작은 소원을 빌어본다.

rose | 장미

사랑을
말합니다

저녁에 몰래 숨어서 만들었다던 작은 십자수 책갈피. 그 아이가 선물해준 책갈피에는 송이송이 빨간 장미가 피어 있었다. 혹여 누가 볼까 한 땀 한 땀 숨죽여 만들었을 그 아이의 모습이 상상이 되어 얼굴이 장밋빛으로 붉게 물들 때까지 웃었던 기억이 난다.

장미는 사랑을 말할 때 가장 먼저 떠오르는 꽃이다. 십자수 책갈피 속 장미가 그랬고, 매 기념일마다 아빠가 엄마에게 선물하는 장미꽃 100송이가 그러하다. 그뿐인가. 고백하러 가는 길 그리고 사랑하는 사람을 만나러 가는 길, 사랑에 빠진 사람의 손에는 늘 장미가 있다.

장미를 생각하면 우리는 으레 붉은 장미를 떠올린다. 하지만 장미는 그 색감도 형태도 향기도 매우 다양하다. 붉은 장미의 종류만 나열해도 진한 와인 색감의 보르도, 검붉은 벨벳 질감의 블랙 뷰티 그리고 겹겹의 꽃잎이 감싸는 화형이 아름다운 레드 피아노 등 그 종류가 셀 수 없이 많다. 또 여기에 다른 색감과 화형의 장미까지 더한다면, 아마 하루에 한 송이씩 매일 다른 장미로 사랑을 말한다고 해도 그 사랑을 모두 전하려면 수년이 부족할 것이다.

사랑은 어느 꽃으로 말해도 사랑인 줄 안다. 그래도 오늘만은 사랑을 말하는 꽃, 장미를 건네고 싶다. 연인의 뺨이 천천히 장밋빛으로 물드는 모습을 바라보고 싶다.

snapdragon | 금어초

특별하지 않은
꽃은 없다

　모든 꽃은 저마다의 이야기가 있다. 또 그 생김새가 모두 달라 하나같이 특별하다. 그런데 그 매력을 사람들이 잘 몰라주어 슬픈 꽃들이 있다. 대표적인 꽃 중 하나가 바로 금어초이다.

　오래전 꽃꽂이를 하던 엄마의 손에도, 아빠가 선물한 꽃바구니 안에도 있었던 꽃. 쉽게 볼 수 있는 탓인지 사람들은 그 매력을 잘 모르지만 사실 금어초는 매우 특별한 꽃이다.

　금어초는 고대 로마시대부터 재배되어 왔다. 여우 꼬리를 닮은 줄기에 작은 꽃들이 하나둘 매달려 있는 모습을 하고 있는데, 그 모습을 자세히 뜯어보면 마치 용의 얼굴처럼 생겼다고 하여 스냅드래곤snapdragon이라는 영어 이름을 가지고 있다. 한번은 아이들과 원예수업을 하던 중, 이 재미있는 이름을 알려주고 싶어 꽃의 양 옆을 두 손가락으로 살짝 눌렀다 떼어 보여주었다. 꼭 용이 입을 벌려 말하는 듯한 귀여운 금어초의 표정에 아이들은 터져 나오는 웃음을 참지 못하고 배시시 웃어 보였다.

금어초가 매력적인 것은 그 생김새뿐만이 아니다. 오래전 우리나라에서 아이가 태어나면 대문에 금줄을 걸었듯, 독일에서는 신생아의 침대 가까이에 금어초를 걸어두면 좋지 않은 기운을 없애준다고 믿었다. 또 중세시대에는 이 꽃을 가까이 두면 여인의 아름다움이 유지된다고 믿었다고 하니, 어쩌면 금어초는 마법의 힘을 가지고 있는지도.

매일 밤 잠투정하는 아기와 힘들어하는 초보 엄마. 거울 속 달라진 모습에 시간을 되돌리고 싶어하는 그녀에게 이 꽃을 선물하고 싶다. 아기에게는 행복한 꿈을, 그녀에게는 아름답고 싱그러운 모습을 선물해줄지도 모르니 말이다.

흔하다고 특별하지 않는 꽃은 없다. 오히려 쉽게 볼 수 있어 고마운 꽃, 금어초가 더 많은 사람들의 사랑을 받기를 바라본다.

grape myrtle | 배롱나무

100일
동안의
약속

일 년 중 가장 뜨거운 여름의 끝 8월, 이에나에 뒤늦은 장마가 찾아왔다. 정원은 땅에 스민 비에서 나는 흙 향기와 풀내음이 가득하다. 뜨거운 나날들의 쉼표 같은 여름비에 정원의 풍경은 수채화처럼 촉촉하고 투명해졌다. 어디를 보아도 파란 수채화 같은 풍경, 그 속에서 홀로 꽃망울을 피워내며 붉고 화사한 그림을 그리는 나무가 하나 있다. 바로 배롱나무.

여름에 피어 늦가을까지 피는 꽃나무, 배롱나무. 한자로는 자미화紫薇花라고 하고 초본식물인 백일홍과의 비교를 위해 목백일홍이라고도 부른다. 초여름에 꽃이 피기 시작하는 배롱나무는 화무십일홍花無十日紅이라는 말이 무색하게 100일 동안 꽃을 피우며 한 계절이 넘도록 우리와 함께한다. 그래서 배롱나무는 100일 동안 변함없이 꽃을 피우겠다는 붉은 약속의 꽃이다.

여름이 오고 배롱나무 첫 꽃이 피면 나도 배롱나무와 약속을 한다. 앞으로 맞이할 하루하루를 꽃을 피우듯 열심히 보내고, 또 나에게 이어질 꽃 같은 나날들을 정성껏 가꾸겠다는 약속. 선선한 바람이 불고 가을비가 붉은 꽃이 되어 내릴 때, 100일간 지켜진 약속이 모여서 아름다운 결실을 맺기를 바라며…….

그렇게 별보다 반짝이는 우리의 여름이 흐른다.

pansy | 팬지

너를
생각해

태양이 바다에 미광을 비추면
나는 너를 생각한다.
희미한 달빛이 샘물 위에 떠 있으면
나는 너를 생각한다.

영화 〈클래식〉에 나와 더 유명해진 괴테의 시 〈연인의 곁〉의
한 구절. 연인을 생각하며 쓴 괴테의 이 시를 읽고 있으면 가장 먼
저 떠오르는 꽃이 있다. 늘 사랑하는 사람을 생각하는 꽃, 팬지.
초봄부터 초겨울까지 꽃이 피고 지는 팬지의 이름은 생각
thought 이라는 뜻을 가진 프랑스어 pensée에서 유래했다. 큐피드
의 화살을 맞아 '사랑의 마음'이라는 꽃말을 가지게 된 사랑의 꽃

팬지는 무더운 8월이 되면 그 가느다란 줄기를 길게 쭉 빼고 커다란 얼굴을 푹 하고 숙여버린다. 고개를 숙인 팬지는 그 모습이 마치 사랑에 잠 못 이루는 이의 얼굴을 보는 듯해, 보고 있노라면 가만히 다가가 그 이야기에 귀 기울이고 싶어진다.

사랑의 마음이 깊어질 때, 마음 한편에 조용히 피는 꽃, 팬지. 언젠가는 당당하게 고개를 들고 사랑하는 사람의 얼굴을 보며 환히 웃을 수 있기를 바라며, 이 꽃의 순정을 바친다.

calla | 칼라

찬찬히
보아야
보이는
것들

'아무도 꽃을 보지 않는다. 정말이다. 너무 작아서 알아보는 데 시간이 걸리기 때문이다. 우리에겐 시간이 없고, 무언가를 보려면 시간이 필요하다. 친구를 사귀는 것처럼.'

미국의 여류화가 조지아 오키프Georgia O'Keeffe. 주로 자연을 확대시켜 그린 그녀의 작품에는 우리가 꽃을 들여다보는 것 이상으로 더 가까이 다가가 들여다본 꽃들의 얼굴이 있다. 찬찬히 오랫동안 지켜보아야 보이는, 우리가 보지 못한 꽃의 또 다른 표정.

조지아 오키프의 그림을 처음 만난 건 중학생 시절. 어느 날 미술 선생님이 그림을 좋아하던 나에게 조지아 오키프의 작품 전집을 보여주셨다. 짐승의 두개골이나 조개껍데기 그리고 산, 꽃 등

자연을 모티프로 그린 그녀의 수많은 그림들 중 나에게 말을 걸어왔던 작품들은 대부분 꽃을 그린 작품들이었는데, 그중 유독 한 작품에 시선을 뺏겨 오랫동안 보았던 기억이 난다.

〈분홍색 배경의 두 송이 칼라 백합〉. 긴 줄기와 마치 가위로 오린 듯 깨끗한 선을 가진 매끈한 꽃잎. 향기는 없지만 그 특유의 분위기가 매력적인 꽃, 칼라. 칼라는 순수하고 단아한 꽃이라고만 생각했었는데 조지아 오키프의 분홍빛 화폭 속에 담긴 칼라의 모습은 더없이 강하고 담대해 보였다.

여성성을 상징했던 꽃을 그리며 세상의 편견에 맞서고, 그 편견을 뛰어넘어 현대미술의 독보적인 화가가 된 조지아 오키프. 지금에서야 그녀의 꽃 그림들이 담고 있는 또 다른 의미를 알게 되었지만, 그 의미가 무엇이든 꽃이 가지고 있는 또 다른 아름다움을 발견하게 해주었다는 점에서 내게 그녀의 그림은 특별하다.

자연 본연의 아름다움을 넘어 꽃의 또 다른 아름다움을 발견했던 그녀처럼, 오늘도 나는 천천히 시간을 들여 꽃을 바라보며 조금씩 꽃과 더 친해지는 중이다.

Japanese anemone | 대상화

아직
안녕이라고
말하지
말아요

　길었던 여름이 가고 선선한 가을바람이 불면 찾아오는 꽃, 대
상화待霜花. 대상화는 '가을을 밝히는 꽃'이라고 하여 추명국秋明菊
이라고도 불린다. 푸르기만 했던 아틀리에의 정원 한 모퉁이에 수
채화처럼 투명한 분홍빛 물이 들기 시작하고 이내 대상화가 피기
시작하면 어느새 성큼 다가온 가을을 실감한다.
　바람에 흔들리며 피는 모습이 무척 인상적인 대상화와의 첫
만남은 무더운 여름이 길게만 느껴지던 어느 늦여름이었다. 무심
코 지나치던 동네 화단. 그 화단에 나의 시선이 멈췄다. 고사리 손
을 닮은 푸른 잎 사이로 작은 솜방망이 같은 꽃망울이 여기저기서
올라오고 있었다. 대상화였다. 그날 이후 나는 매일 아침 출근길 화
단에 서서 그 대상화가 자라는 모습을 관찰했다. 선선한 가을바람과

함께 작은 솜방망이 같았던 꽃망울이 귀여운 꽃송이들을 피워냈다.

가을바람에 살랑살랑 흔들리던 여린 분홍빛 꽃잎. 그 모습을 바라보며 마음이 일렁이던 아침. 그 길로 나는 농장을 방문하여 작은 대상화 포트를 구매했다. 그 작았던 대상화 포트를 아틀리에 정원에 심었던 것이 지금의 아름다운 대상화 가족이 되었다.

흐드러지며 바람을 따라 피어나 가을을 더욱 더 낭만적으로 만들어주는 대상화. 가을 동안 크고 작은 꽃망울을 피워내는 대상화는 첫 서리와 함께 투명하게 변한 꽃잎을 떨구며 작별을 고한다. 대상화에게 안녕이라고 말해야 하는 이 이별의 순간이 나는 늘 어렵다.

scabiosa | 스카비오사

곁에서
기다릴게요

"사리분별을 하려면 도대체 몇 살이 되어야 하는 거지? 지금 몇 살이지? 18살이 되니까 비로소 너의 거짓말을 고백할 수 있다고?"

영화 〈어톤먼트〉에서 로비가 브라이오니에게 분노를 토해내던 장면. 너무 늦게 용서를 구하러 찾아온 브라이오니에게 분노하는 로비와 그런 연인을 안타깝게 바라보는 세실리아 그리고 속죄를 원하는 브라이오니. 이 세 사람이 함께 클로즈업된 영상에 창백한 보랏빛의 스카비오사가 등장한다. 그리고 다시 헤어져야만 하는 로비와 세실리아. 깊은 오해로 엉켜버린 안타까운 두 연인의 마지막 대화 속 다시 한 번 스카비오사가 비춰진다.

산골 소년을 사랑했지만 그 사랑을 이루지 못해 슬퍼하던 요정이 변했다고 전해지는 꽃. 그래서일까, '이루어질 수 없는 사랑'이라는 꽃말을 가진 이 슬픈 꽃은 가을 특유의 그윽하고 아련한 느낌이 있다. 깊은 물색의 가을을 옮겨온 듯 푸른 빛깔의 스카비오사는 그 가느다란 줄기로 커다란 꽃을 간신히 이고 있는 듯 보인다. 가을바람에 흔들리지만 그래도 꿋꿋하게…….

　　슬퍼 보이지만 그래서 더 아름다워 보이는 가을빛의 꽃, 스카비오사. '널 찾아 결혼하고 또 부끄럼 없이 살겠다'는 로비를 향해 '나에게 돌아와'라며 힘을 실어주던 세실리아. 그런 세실리아처럼 스카비오사는 차가운 바람에 다른 꽃들이 지는 모습을 지켜보며, 가을이 떠나가는 마지막 순간까지 제자리를 지킨다. 그리고 그렇게 슬픈 사랑에 아파하는 연인들의 곁에서 조용히 위로한다.

helleborus | 헬레보루스

겨울의
선물

"시들어 보이는데, 아닌가요?"

고개를 숙이고 피어 있는 빛바랜 색감의 헬레보루스를 보며 그녀가 말했다. 사실 나는 화려한 색감을 가져 한눈에 쏙 들어오는 꽃, 방긋 웃는 듯 활짝 크게 피어나는 꽃들도 좋지만, 수줍은 듯 고개를 숙이고 피거나, 오래된 유화를 보는 듯 빛 바랜 색감을 가진 꽃들도 참 좋아한다. 이러한 이유로 아틀리에는 언제나 화려한 꽃들과 소박하고 은은한 꽃들이 함께하는데, 물을 가득 머금은 채 피어나고 있던 헬레보루스가 그녀에게는 조금 시들어 보였나보다.

고개 숙인 모양과 빈티지한 색감 때문에 이 꽃을 처음 보는 사람들이 자주 하는 질문이었음에도, 헬레보루스는 내가 무척이나 아끼는 꽃인 탓에 그녀의 말에 잠시 마음에 바람이 분다.

헬레보루스는 천사가 아기 예수의 탄생을 축하하기 위해 선물을 준비하고 싶었던 가난한 양치기 소년의 눈물로 만들었다는 유래를 가지고 있으며, 그래서 '크리스마스로즈'라고도 불린다.

소복이 쌓인 눈 사이로 슬며시 숙였던 고개를 내미는 겨울의 선물, 헬레보르스. 어떤 꽃은 마치 겹겹의 치맛자락을 보는 것처럼 겹친 꽃잎이 아름답고, 또 어떤 꽃은 보드라운 꽃잎에 잔잔한 주근깨가 있어 재기 발랄해 보인다. 이처럼 헬레보루스는 다양한 형태와 색감을 가지고 있어 자세히 들여다보면 볼수록 새로운 모습을 발견할 수 있는 매력적인 꽃이다.

새로 만나는 꽃의 낯설고 다른 모습에 놀라지 말자. 찬찬히 살펴보면 모든 꽃들은 그 모습 그대로 아름답다. 언젠가 수줍게 고개 숙인 헬레보루스를 만나면 시든 게 아니라 인사하는 예쁜 꽃이라고 기억해주기를……

camelia | 동백

겨우내
함께하는
고운 친구

　아직은 바람이 쌀쌀하던 2월의 어느 아침, 본인이 힘들고 지쳤을 때 다시 용기를 낼 수 있도록 도와주신 은사님께 특별한 선물을 하고 싶다며 차근차근 말을 건네는 그녀를 보며 겨울에 피는 꽃나무, 동백을 떠올렸다. 동백과 어울리는 고운 옥빛 보자기에 동백나무를 정성스럽게 포장해 그녀에게 건네니, 그녀의 얼굴이 활짝 핀 동백꽃 마냥 환해졌다.

　조선시대 선비들이 최고로 기리던 꽃, 동백. 새하얀 눈밭 위에서 윤기 나는 잎 사이로 선홍빛 꽃을 피우며 봄을 시작을 알리는 꽃, 동백은 사계절 푸르른 상록수로 추운 겨울에 꽃을 피운다. 선비들이 엄한지우嚴寒之友라 하며 동백을 아꼈던 이유가 여기에 있다.

　또 동백은 다른 꽃들처럼 꽃잎 하나하나가 천천히 시들어 떨어지며 지는 꽃이 아니라 꽃잎은 전혀 시들지 않은 상태로 무심한 듯 꽃봉오리가 툭 하고 통째로 떨어지며 지는 꽃이다. 피어 있는 모습도 아름답지만 지는 순간까지 내색 한 번 하지 않고 있다 꽃이 떨어진 자리를 다시 곱게 물들이는 그 모습이 더 아름다운 동백. 마치 꽃이 지는 것을 슬퍼하는 우리의 마음을 아는 듯 끝까지 아름다운 모습으로 마음을 보듬어준다.

다시 추운 겨울이 왔고 동백은 또 다시 아름다운 꽃을 피웠다. 곧 꽃은 떨어지겠지만 더 이상 지는 꽃을 보며 슬퍼하지 않기로 한다. 겨우내 함께해주었던 이 고운 친구를 기억하며 다시 만날 그날까지 지금 이 순간을 추억하고 또 기다릴 테니.

forget-me-not | 물망초

나를 잊지 말아요

2월이 되면 등장하는 꽃 물망초. '나를 잊지 말아요'라는 꽃말 그대로가 이름이기도 한 이 꽃은 하늘하늘한 줄기에서 눈에 보이지 않을 정도로 작은 파란 꽃이 뒤엉켜 피는 탓에 종종 잡초라는 오해를 받는다.

나의 작은 정원에도 물망초가 핀다. 하지만 대부분의 사람들은 물망초보다는 정원 곳곳에 핀 크고 향기로운 다른 꽃들을 보며 칭찬을 아끼지 않는다. 작지만 더없이 사랑스러운 꽃 물망초가 다른 꽃에 가려지는 것이 안타까운 나는 소박하게 피어 있는 물망초를 가리키며 보드라운 잎과 푸른 강물 빛 색감이 아름답지 않냐며 물망초를 칭찬하곤 한다. 미처 소나무 아래 핀 물망초를 보지 못했다며 놀라는 그들에게 물망초의 슬픈 사랑 이야기를 들려주면

그들의 반응은 또 한 번 달라진다. 그리고 그렇게 물망초는 더 이상 그냥 지나칠 수도, 잊히지도 않을 또 하나의 의미 있는 꽃이 된다.

사랑하는 여인을 위해 물망초를 구하러 갔다가 급류에 휘말려 떠내려가면서도 '나를 잊지 말라'는 한 마디와 꽃을 남기고 사라져 버린 청년과, 그 청년을 잊지 못하고 평생 그 꽃을 몸에 지니고 살았던 한 여인의 사랑 이야기를 담고 있는 슬픈 꽃, 물망초.

봄이 오면 이 자그맣고 파란 꽃, 안타까운 사랑의 꽃 물망초를 잊지 말고 꼭 기억해주기를…….

narcissus | 수선화

행복한 봄을
준비하며

주르륵주르륵 내리는 빗소리에 정원을 내려다보니 정원 곳곳이 연둣빛으로 물들고 있다. 그리고 정원 한편에 만든 작은 돌 연못 사이로 하나둘 피어난 수선화가 보인다. 수선화는 올 봄에도 가장 먼저 피었다.

'한 송이 수선화처럼 늘 다소곳하고 겸손의 향기를 풍기신 분.'고 박완서 소설가의 기일이 되면 언제나 그 분이 좋아하셨다는 수선화가 들어간 꽃바구니를 주문하는 작가님이 계시다. 그분의 꽃바구니를 만들며 수선화를 한가득 꽂고 나니, 향기로운 봄의 공기가 잔잔하게 아틀리에를 채운다.

수선화는 봄에 피는 대표적인 구근 식물 중 하나로, 봄이 되면 물가를 따라 하얗고 노란 향기로운 꽃들이 군락을 지어 피어난다.

대부분의 수선화는 속이 비어 있는 가느다란 줄기에서 커다란 꽃 하나 또는 작은 꽃 두세 개가 동시에 핀다. 그 모습이 마치 어미 새가 주는 모이를 기다리는 아기 새의 얼굴 같기도 하고, 봄비를 맞아 함초롬히 고개 숙인 수선화의 모습은 어느 정숙한 숙녀의 얼굴 같기도 하다.

그 특유의 향기와 표정으로 봄을 맞이하는 기쁨을 더해주는 수선화. 상냥한 봄바람에 머리를 살랑대는 수선화가 피어나면 나는 그 꽃을 잊지 않고 기억하는 사람과, 그 향기로운 마음을 되새긴다. 누군가 기억해주는 사람이 있어 행복한 꽃, 수선화. 언제나 돌아오는 계절이지만, 그 누군가에게 의미 있는 꽃이 피어 마음이 벅차오르는 오늘은 더욱 행복한 봄이다.

Part 3

꽃으로
사랑을 말하다

사랑해,
엄마

엄마를 위한 꽃

엄마, 엄마, 엄마.

엄마라는 말은 어떻게 불러도 다정하고 포근하고 또 뭉클합니다. 이유는 없어요. 그냥 엄마가 내 엄마라서 그렇지요. 내가 기억하지 못하는 아득한 순간에도 나와 함께였고, 지금도 그리고 앞으로도 영원히 나와 함께할, 세상에서 제일 사랑하는 나의 엄마.

혹시 바쁘다는 이유로, 힘들다는 핑계로 엄마와 함께하는 시간이 점점 줄고 있지는 않나요? 엄마의 하루는 지금도 가족을 위해 흐르는데 우리의 시간은 어디로 흘러가고 있는 건지. 어느새 훌쩍 커버린 나 때문에 어쩌면 오늘 더 외로울 엄마를 위한 꽃. 말로 다할 수 없는 사랑의 마음을 담아, 엄마와 꽃을 고르고 또 만들어봅니다.

1

2

3

4

1. 엄마가 좋아하는 색감의 꽃들

　　엄마가 좋아하는 색감의 꽃을 골라 가시와 잎을 제거하고
차가운 물에 담근 후, 꽃을 꽂을 화병을 준비해주세요.

2. 엄마 딸, 나를 닮은 보름달 한 송이는 넣어야지

　　물이 가득 담긴 화병에 푸릇푸릇한 소재들로 채워준 후,
둥글고 큰 화형의 꽃을 먼저 꽂아줍니다.

3. 엄마가 매일 더 행복했으면 좋겠어

　　매일 조금씩 천천히 피는 꽃, 이왕이면 오래가는 꽃을
고르는 것이 중요해요. 소곤거리는 느낌의 작은 꽃들로
빈 공간을 채워주고, 내일 조금 더 아름다울 꽃을 보며
엄마가 즐거워하는 모습을 상상해봅니다.

4. 사랑해, 엄마

　　사랑하는 엄마를 위한 꽃, 완성!

가장
빛나던 꽃

선생님을 위한 꽃

아침 잠이 많아 매일 아침 잠투정을 하던 아이. 그 아이가 오늘은 웬일인지 꼭두새벽부터 일어나 학교 갈 채비를 하더니 싱글벙글거리며 집을 나섭니다. 그리고 그날 저녁, 아이의 그림 일기장에는 슬그머니 선생님의 책상 위에 올려둔 작은 꽃을 그린 그림이 있었지요.

매월 5월 15일이 되면 잊고 지냈던 은사님들이 생각납니다. 한참 꿈을 먹고 자라는 나이, 보이지 않는 곳에서 이끌어주고 다독여주신 고마운 분들께 드리고 싶은 꽃. 소중한 분들의 가슴에서 가장 빛날, 감사의 코사지를 만들어요.

1. 카네이션도 좋고

빨간 카네이션 외에도 다양한 색감의 카네이션이 있답니다.

2. 그 어떤 꽃이라도 좋아요

꽃의 종류는 상관 없어요. 감사의 마음이 중요하지요.
카네이션과 함께 넣을 예쁜 꽃을 골라봅니다.

3. 꽃과 어울리는 리본을 찾아봐요

준비한 꽃의 색감과 어울리는 다양한 질감의 리본을
준비합니다.

4. 단단하게 고정

카네이션과 다른 종류의 꽃 그리고 푸른 소재를 엮어 작게
꽃을 만들어요. 꽃과 코사지 핀을 고정하기 위해 플로럴
테이프를 감아주고 그 위를 리본으로 감싸 플로럴 테이프가
보이지 않도록 마무리합니다.

충전이
필요해

나를 위한 꽃

퇴근 후 무거운 몸을 이끌고 집으로 돌아오는 길. 어둠이 내린 거리를 저벅저벅 밟으며 걷는 날. 복잡한 지하철에 겨우 몸을 싣고 문이 닫히는 순간, 유리에 비친 내 모습이 유난히 초라해 보이는 날.

바쁘고 무미건조하게 흘러가버리는 나날들 속에서 혹시 오늘이 아닌 내일을 위한 하루를 보내고 있지는 않나요? 더 반짝이는 내일을 위해 힘껏 달리는 것도 좋지만 가끔은 더 멀리 가기 위해 잠시 숨을 고르는 것도 필요합니다. 복잡한 일들은 잠시 잊어버리고 오늘도 수고한 나를 위해, 오롯이 나를 채우는 시간을 가져보아요. 지금 당장 충전이 필요한 당신을 위한 꽃을 만들어보세요.

1

2

3

4

1. 오늘 나의 비타민

내가 좋아하는 꽃들을 골라 바닥에 가지런히 놓습니다.

2. 포근하게 감싸요

얼굴이 큰 꽃을 중심으로 소재와 작은 꽃들이 그 주변을
감싸듯 잡아줍니다.

3. 수채화가 번지듯

물감이 도화지에 투명하게 번지듯, 진한 색감의 꽃들 사이
사이에 옅은 색감의 꽃을 더해줍니다.

4. 꽃도 튼튼 마음도 튼튼

꽃을 잡은 손으로 줄기의 싱그러움을 느끼며 노끈으로
풀리지 않도록 단단히 고정해줍니다.

그냥
생각나서

꽃을 보며 기뻐할 친구의 얼굴을 상상하며 기다리는 중. 저 멀리서 반갑게 손을 흔들며 횡단보도를 건너오는 친구가 보입니다. '짜잔' 하고 작게 포장한 꽃 한 송이를 내미니 그녀의 얼굴에 환한 웃음꽃이 피네요.

"그냥 생각나서."

무심한 듯 다정하게 친구에게 작은 꽃 한 송이를 건네보세요. 꽃 하나가 평범한 일상에 가져오는 행복은 생각보다 훨씬 크니까요.

1. 어떤 꽃이라도 좋아요

꽃은 모두 아름다워요. 봄에는 봄꽃, 여름엔 여름꽃,
가을엔 가을꽃, 겨울엔 겨울꽃…… 계절에 가장 아름다운
꽃으로 골라주세요.

2. 향기가 난다면 더 좋겠죠

이왕이면 향기가 좋은 꽃으로 준비해주세요. 향긋한
꽃향기에 환히 웃어줄 친구의 얼굴을 그려봅니다.

3. 화려한 포장은 필요하지 않아요

자연 그대로의 모습이 가장 아름다운 꽃. 종이를 사용해서
간단하게 포장해봅니다.

4. 작게 리본으로 묶어주면 끝

리본을 묶으며 리본 사이에 포장한 꽃에서 떨어진 잎이나
잔가지를 넣어 다시 한 번 묶어줍니다.

봄,
기다림의
시간

아이를 위한 꽃

"너를 처음 보는 순간 사랑에 빠졌어. 지금 이 순간부터 영원히, 너를 사랑하고 지켜줄게."

세상의 모든 부모들이 갓 태어난 아이에게 하는 소중한 약속.

그 소중한 약속을 지키기 위해 오늘도 초보 엄마 아빠는, 언젠가 우리 부모님이 그랬듯, 아이와 함께 울고 웃으며 하루를 보냅니다.

다사로운 엄마 아빠의 품속에서 도담도담 자라나는 아이. 그 아이의 꿈이 아람이 벌어져 언젠가 크고 환한 꽃을 피울 수 있을 때까지, 천천히 서두르지 말고 매일 조금씩 더 자라는 아이와 함께 내일을 기다려주세요.

1

2

3

1. 꿈을 꾸는 구근들

단단한 구근에서 피어나는 꽃들. 특히 봄에는 다양한 구근
식물들을 만날 수 있으니 그중 가장 마음에 드는 식물을
준비해주세요.

2. 촉촉하고 포근한 흙으로

구근 식물을 포트에서 꺼내서 화분으로 옮긴 후 준비해둔
배양토로 덮어주세요.

3. 매일 조금씩 자라는 꽃

매일매일 쑥쑥 자라는 모습을 지켜보아요. 무럭무럭
자라는 꽃과 함께 우리도 자랍니다.

여름의
순간들

여름밤에
어울리는 꽃

봄이 사라진 자리를 채우는 하늘빛 여름. 떨어진 꽃잎 사이에서 자라난 어린 잎이 점점 갈매빛으로 변하는 것을 지켜보며 어느덧 여름이 절정에 이르렀음을 깨닫는 하루.

무덥고 습한 날씨. 몸도 마음도 그리고 꽃도 쉽게 지쳐버리는 여름이지만 해가 길어 더 많은 일들을 할 수 있고, 또 밤을 기다리는 시간이 길었던 만큼 별들이 더 천천히 그리고 가까이 내게로 다가오죠. 그렇게 꿈처럼 아름다운 여름밤이 있습니다.

한여름의 바람, 촉촉한 여름비 그리고 여름밤 귀뚜라미 소리. 무던히도 긴 여름 더위에 가려 느끼지 못했던 여름의 아름다운 순간들로 가득 채우는 어렌지먼트. 눈에 띄는 커다란 꽃이 없어도 좋아요. 꽃만큼 섬세하고 아름다운 잎들로도 충분합니다.

1

2

3

1. 선이 고운 잎

다양한 여름의 소재들을 가지런히 테이블 위에 준비합니다.

2. 잎을 자세히 들여다본 적이 있나요

보석처럼 반짝이는 소재가 있는가 하면, 종이 접기를 한
듯 독특한 느낌의 잎을 가진 소재도 있고, 또 보송보송한
질감의 소재도 있어요. 다양한 질감의 잎을 통해 한여름의
환상곡을 느껴보세요.

3. 잎과 나뭇가지 사이로 부는 여름 바람의 소리

특별한 기교는 필요하지 않아요. 다양한 소재가
전체적으로 고르게 퍼질 수 있도록 돌려가며 높낮이를
주고, 잡아서 묶어주면 됩니다.

가을,
함께하고
싶은 밤

명절에
어울리는 꽃

　　어둠이 내려앉은 버스 대합실의 풍경이 어느 때보다 분주합니다. 사람들 손에 들린 커다란 가방 하나하나에 꼭꼭 눌러 담은 선물이, 그리고 그보다 더 큰 그리움이 보이네요.

　　가을의 달빛이 가장 좋은 밤, 추석. 그 소중한 시간을 사랑하는 가족과 함께할 수 있기를 바라지만, 혹 그렇지 못하더라도 가족을 향한 그리움은 달빛을 타고 가족들에게 전해질 거라 믿어요. 사랑 그리고 그리움을 담아 함께 나누고 싶은 꽃과 떡을 포장해봅니다. 둥근 송편처럼, 고운 빛의 꽃처럼 모두의 바람이 환하고 둥글게 떠오르기를 바라는 마음도 가득 담아서.

1

2

3

256

1. 떡은 작은 바구니에 소박하게

준비된 떡 바구니에 반은 비닐로 감싼 플로럴 폼을 넣고,
반은 망개 잎으로 감싼 떡을 차곡차곡 채워 넣어줍니다.

2. 정감 있는 꽃들

바구니의 뚜껑을 닫아도 꽃이 뚜껑에 닿아 상하지 않도록
꽃의 길이를 조절해야 합니다. 짧게 자른 꽃을 플로럴
폼이 보이지 않도록 충분히 꽂아주세요.

3. 복楸을 싸두어 가장 큰 복福을 선물해요.

보자기를 이용해 아름답고 다정하게 포장해봅시다. 펼친
보자기 위에 바구니를 놓고 네 귀를 모두 잡아 매듭을
지어줍니다. 매듭을 고무줄로 한 번 묶고 날개 부분을
다듬어 펼치면 고운 꽃이 피어납니다.

플로리스트 이주희가 당신에게 전하는 꽃 이야기

너에게 꽃을

초판 1쇄 2016년 5월 30일

지은이 　| 이주희

발행인 　| 이상언
제작책임 　| 노재현
편집장 　| 서금선
에디터 　| 변혜진
마케팅 　| 오정일 김동현 김훈일 한아름 이연지

디자인 　| SOUTH
사진 　| 이주희 박소연(www.hiyohiyo.co.kr)

발행처 　| 중앙일보플러스(주)
주소 　| (04517) 서울시 중구 통일로 92 에이스타워 4층
등록 　| 2007년 2월 13일 제 2-4561호
판매 　| (02)6416-3917
제작 　| (02)6416-3988
홈페이지 　| www.joongangbooks.co.kr
페이스북 　| www.facebook.com/hellojbooks

ISBN 　| 978-89-278-0765-0 (03810)

중앙북스는 중앙일보플러스(주)의 단행본 출판 브랜드입니다.